痛みの音階、癒しの色あい

佐相憲一

主な登場人物

瑠璃子（瑠璃っちょ少女）……高校生・大学生、演劇から詩へ、カウンセラー志望、東京の新宿出身、京都で心理学を学ぶ

世界史教師、心理学教授……瑠璃子の担任、それぞれ東京の高校、京都の大学で教える

夢旗ひろし（秦ひろし）……四十代、会社員から非正規労働を経て俳優、ある地方出身、東京在住

雄一……五十代、放送関係勤務、妻を交通事故で亡くす、プロ野球パ・リーグのファン、川崎在住、東京に娘一家が暮らす

加奈（うしろ月夜）……二十代・三十代、劇団からフランス語学校事務員、横浜出身、大阪在住

豊……国際関係NPO職員から外国人相手の安宿運営、川崎出身、横浜在住

音楽図鑑……在日ミャンマー人、高田馬場在住

二十一世紀プログレってる……元出版編集者、鬱で静養、図書館勤務の妻と森近く在住

あかり（欧州夢語り）……中学生・高校生、ベルリン帰り、放送部所属、東京在住

浩司……あかりの父親、ドイツ文学者、ベルリン帰り、東京在住

ハンナ、ペーター、ハンス、エレーナ……あかりの友人一家、東西ドイツ出身、ベルリン在住

サルワタリサルオ……六十代、運送業退職者、草野球愛好

運送業ドライバー男性……三十代、妻子との関係でサルワタリサルオに相談

札幌桜雪まつり……二十代、事務仕事をしながら絵を学ぶ、北海道出身、東京在住

こりすちゃん……エフエム・ポエジーの妻、読書家、目の病気、東京の多摩在住

エフエム・ポエジー（にゃんぽん）……四十代、ラジオ・パーソナリティ、詩人、横浜出身、京都などを経て東京の多摩在住

痛みの音階

橋の上から水路を見ると、アオサギが佇んでこちらを見ている。こちらも立ちどまって向かい合う。無意識の大空に血がかよう。羽ばたいてはまた佇む。空はどこまでもつながっていて、心臓が波うっている。緑の輪が風に揺れて、暗闇にかなしみが灯っている。

＊　＊　＊　＊　＊　＊

寒い日が続きます。いかがお過ごしですか。
土曜の午後、まだ地球は回っていますから、この番組でリラックスしてくださいね。
きょうはじめのお便りは、瑠璃っちょ少女さん。

〈こんにちは、ポエジーさん。いつもウルウル聴いています。
このあいだ、高校の文化祭があって、わたしたちは古代神話をアレンジした劇をやりました。『神々の原宿ピクニック』っていう劇です。太陽の女神アマテラスが疲れてしまって、腕白なスサノオに天上世界をまかせて、自分はおしのびで二十一世紀の原宿に遊びに行くんです。でも、道行くギャルたちがかわいいので自信をなくして、ひとり静かに浮世絵美術館で葛飾北斎の海の版画を見ているの。そうしたら夜の神様ツクヨミとばっ

たり会っちゃって、

「あらツクヨミさん、どうしてここへ」

「いやアマテラスさん、あなたこそどうしてここへ」

お互いにきっと深いワケがあるんだろうって思ってね。

「とりあえず、いっしょにお月見でもしましょう」

ってことになって、代々木公園をふたり歩いていたんだよ。

「スサノオはちゃんとやってるかなあ」

「まだ何もなかった大昔が恋しいなあ」

って、ふたりとも若いのにおばあちゃんおじいちゃんみたいな会話になってお月見するんだ。するとね、セクシーなアメノウズメが現れるんだよ。

「もしもし、アマテラスさん、神話を勝手に変えちゃダメですよ。あなたが天の岩戸にひきこもってくれなきゃあ、あたしの出番がなくなるよ。それでここまで追いかけてきたんだ。でももういいや。あたし渋谷とか新宿とか好きになっちゃった。まちのイケメンが次々と声をかけてきて、おいしいものをおごってくれるんだ。また会いたいからメアドおしえてよっていうからさ、そんなの持ってないけどタカマガハラ・クリニックに問い合わせてくれれば通じるよ。あたし、神のカウンセラーなんだ。裸踊りが得意だよ。って言うんだ。そうすると人間の男たちはとってもいやらしい目であたしを見るんだよ。まあ、あたしにとっちゃあ、よりどりみどりだね。アハハハハ」

　聞いていたツクヨミもアマテラスもあっけにとられて、それから三体の神々が天空を見上げてシュールなポエムを読むんだよ。万葉集にも古事記にも載っていない秘密の詩だよ。

　そういう劇をやったんです。わたしがシナリオ書いたんだよ。独身の古文の先生にほめてもらいたくて一生懸命書いたんだ。AちゃんもKちゃんもTくんもSくんもみんな頑張ってとってもよかったんだよ。英語の先生とか世界史の先生なんか笑い転げてくれたし、保健体育の女の先生も感心してくれたし、ほかのクラスの子たちにもすごくうけたんだ。ところがその古文の若い先生はブスっと怖い顔をして
「ふざけすぎかな」

　だって。信じらんない。がっかりです。わたし、あの先生のことけっこう好きで、歳だってそんなに違わないいし、ちょっとかわいいなって思って、このごろ一生懸命古文勉強してんだよ。さりげなく古代神話の神様への親しみを劇にしただけじゃないですか。これってユーモアでしょ。それをふざけすぎだなんて、もう嫌になった。あんな石頭のところへなんか嫁いでなんかやるもんか。それ以来この数日、勉強が手につきません。

ポエジーさん、こんなわたしをなぐさめてください〉

なるほど。瑠璃っちょ少女さん、ありがとう。先生のこと、残念だったね。その話すごく面白そう。リスナーの皆さんもそう思いませんか。よく書いたよね。いつかあなた自身が古文の先生になったらどうですか。そうなったら高校生たちももっと楽しく勉強できるよね。それとも演劇とか映画の道に進むかな。作家とか詩人になるかもね。きっとこれからいい人と出会って、すてきな恋愛をするでしょう。そう願ってますよ。

それではここで一曲。瑠璃っちょ少女さんのリクエストで、ダリル・ホール＆ジョン・オーツ「メソッド・オブ・モダン・ラブ」。

In the moonlight, under
Starlight
Songs old as the night
Are what I've been dreaming of.

（月あかりのなかで
星あかりのもとで
夜の歳月を経た歌こそは
ずっと夢見てきたものだ）

＊　＊　＊　＊　＊　＊　＊

神社の絵馬には願いがつづられている。恋愛成就、家族の治癒、受験合格、職の成功、あるいは何事もなく平穏な日々が続くようにというものや、世の悲惨さを嘆きつつ平和をうたうものまで。こうして区分けするとありきたりに見えてしまうが、カランカランと板の触れ合う一枚一枚には個人名の独自の筆跡があって、どこかで暮らす人がどこかで暮らす別の人にひそかに贈った言葉が存在感を主張している。たとえ下手な文字や誤字があっても、表現がステレオタイプに見えても、夕日を浴びて風に揺れるひとつひとつの夢のかたちは、大衆とか庶民などという漠としたものが実は、個別に差異をもった人生の総称であることを思い出させてくれるのだった。

「翔くんといっしょになれますように」

「由紀ちゃんとまた会えますように」

「大学に入れますように」

「ばあちゃんの胃腸が治りますように」

それは無理なのかもしれない。境内の絵馬の合唱は不可能の際から生まれた音楽なのかもしれない。かなしみの予感、それでいながら微妙なニュアンスの明るい調べ。痛みの中で願うということの偉大さ。いつなんどき奇跡が起こるかもしれない、この世の出会いとか成り行きとかいったものにはどこか奇跡的な飛躍が回想されるという、人類の経験則に励まされるのかもしれない。翔くんといっしょになれるかもしれない、由紀ちゃんに再会するかもしれない、志望大学に合格するかもしれない、祖母の胃腸は治るかもしれない。「かもしれない」ということ。百パーセントありえないことではない。そこに賭けたいという心情だ。無理かもしれないが、無理じゃないかもしれないという積極的な姿勢が、ひたむきなものとして他者の胸を打つのだろう。どうせ一回きりの命なら、というところからのひそかな願い。カランカランと揺れる絵馬は、つい二、三十年ほど前まで散見した名画座映画館のようだ。

それぞれのまちの神社で、物々しい由緒書きや胡散臭い祭神以上に人びとの心が表れているのは絵馬だろう。馬に乗った神々に祈りながら、農林業や場所の移動、旅といったものの道具としてばかりでなく、戦や食用にまで供せられた馬という他動物に申し訳なさと敬意をこめて、はかない夢を風に乗せるのか。忍耐強く目が優しい馬に、人は自らの愚かなものを清めてもらいたいのかもしれない。

境内の砂地に鳩のつがいがいる。大木の辺りで何かを食べていたメスの近くにオスがやってきて、同じようについばみながら、メスの気を引こうとしきりに寄ってくる。メスは最初、迷惑そうにも見える仕草でそれをかわしていたが、さりげなく追いかけてくるオスの様子を時々振り返っては、まだ近くにいることを確かめているらしい。つかず離れずの遠慮がちなその関係のまま、もう何メートル移動しただろうか。ある時、メスは立ち止まったまま、じっとオスを見つめるのであった。少し自信をなくしかけたようにも見えたオスはその瞬間に何かを予感したようで、また熱心に近寄った。夫婦成立だろうか。見ているこちらが手に汗握る。やがていつしかメスとオスが仲良さそうに何かをついばんでいる。交尾したのかどうかはわからない。本殿の方に現れた野良猫に気をとられて見ているうちに、ふと振り返ると砂場にはもう二羽とも鳩はいない……。

馬に鳩に猫。

なるほど人間は動物界から離れられないのだった。

＊　＊　＊　＊　＊　＊　＊

きょうはゲストに俳優の夢旗ひろしさんをお迎えしました。

夢旗さんといえば、いま劇場公開されている映画『二死満塁』の演技が話題になっていますけど、元々俳優さんじゃなかったらしい。きょうはそこのところを話してくださるそうです。こんなところで話されずに本にして出版された方がいいのでは、なんてファンとしては思ってしまうのですが、いずれ手記を出される予行演習ということで、お話をいただきます。夢旗さんがいつもこの番組をお聴きくださっていると聞いてびっくりしました。ありがとうございます。では、よろしくお願いします。

〈ありがとうございます。せっかくお招きいただきましたのでお話しさせていただきます。しばしおつきあいください。

人生没落後復活の秦ひろしです。ええ、これが本名なんです。ぼくはいっときどうにもこうにも先へ行かれないところに落ち込みまして孤立感に苦しみました。でも、ひょんなことから夢じゃないかと思うような幸運がやってきて、死なずにこうしてメディアなんかに出させていただいています。その恩返しとして、ぼくの実話が聞いてくださる方々に少しでも励みになればと思って体験談をお話しさせていただきます。前からこのエフエム・ポエジーさんが好きで、よく聴いていたんですよ。この番組に出られたらいいなあ、ってね。

ハタヒロシっていう名前ですけど、泰然としているとかいう時のタイの字に似ていてちょっと下の部分が違う字、音読みはシン、世界史に出てくる秦の始皇帝とかいう時のあのシン、漢字一字でハタと読む苗字です。何でも古代日本にいまの韓国から渡来してきて日本人になって都市開発の高度な技術を伝えたという秦氏一族と遠く血がつながっているとかいないとか。ひろしはひらがなです。いやあもうこんな風に自分の本名をお伝えするだけで大変なので、思いきって芸名をつけたんですよ。それが、ユメハタです。夢の字に旗を振るの旗、ひろしは本名と同じひらがなです。夢の旗はひろい、夢の旗を掲げて生きていればきっといいことがある、ということです。

二十代の頃、不動産関係の会社に勤めていました。皆さんが賃貸アパートやマンションを探す時に駅前とかに旗たなびかせて物件情報を張り出して客を案内する、ああいうお店で営業をしていたんです。ぼく自身、地方から東京へ出てきた人間なので、お客さんの不安な気持ちがよくわかるつもりでした。あの仕事ってかなりきつくて夜なかなか帰れなくて大変でしたけど、その時はここで業績を上げてそれなりにアップしたらいずれ独立しようなんて楽観していました。大学時代に体育会系の運動をしていましたから体力や忍耐力には自信があったし、都会の一人暮らしの深夜の解放感が楽しくてね。要するに若かったんですね。もうバブル期は終わっていて大学の後輩なんかは就職大変だったみたいですけど、ぼくはギリギリセーフで何とかサラリーマンになれたし、リーマンショックが来るまでは、特に一九九〇年代はいまよりは経済ましだったかもしれません。それで仕事が終わると飲みにくり出したり、都会で見つけた仲間と夜遊びしたりしていました。ガールフレンドも時々できたんですけど、最初、女の子に不動産会社勤務と言うと、へえちゃんとしているんだって安心してくれます、でも、この業界の実態ってみんな知らないですよね。天井知らずの残業時間とか、何件契約をとったか社内棒グラフレースの心身消耗とか、給料も出来高制みたいな部分が大きくて、そりゃあもう大変ですよ。若いうちに辞めていく人も多いんですね。ぼくの願望としては、好きになった女の子との時間を大切にして将来はいっしょになりたいなんて思っていても、毎日の現実がしんどくてね、なかなか十分に会えないんですね。向こうもOLで忙しかったり、女子大生ともおつきあいしましたけど、バイトの都合とこちらの時間帯が合わなかったりね。でもまあ、そんなことのせいにばかりしちゃいけないんでしょうね。なんか縁が薄いというか、友だちは東京でそれなりにできたけど、本当に心深く許せるような人間関係はなかったかもしれませんね。それよりも何よりも、もう毎日精一杯でした。もちろん若いからそれなりに楽しい日々だったとも言えるかもしれませんが。

そんなこんなで頑張っているうちに三十代にさしかかり、勤務地もあちこち経て、もしかしたらちょっと立場が上がるかな、くらいの感じの時に、不幸が一気にやってきたんです。

まず、いなかの父が死にました。うちは父一人息子一人でしたから突然のことに現実感がもてませんでしたけど、驚いたのは父が借金をしていたことでした。ギャンブルとか色地獄とかそういうのじゃなくてね。他人をすぐに信用してしまう父の甘さが知人につけこまれたらしいです。まあ、騙されたんですね。ぼくにはそんなことは一言も言わずに、彼は黙々と余生も働いていたかと思うと泣けてきました。同時に、ぶつけようのない怒りもありました。親子とは言え、それぞれ独立した個人なのですから、ぼくはそれを無視するべきだったんだといまでは思います。でも、その頃は相談相手もいなかったし、変な正義感みたいなものがあってね。父は地元の地域社会で信頼される人でしたから、ヤクザまがいの連中がうちの悪口を言って地域を荒らす想像に負けました。せっかく少し貯めていたお金もほぼ全部はたいて払い、きれいにしました。想像を絶する巨額ではなかったのが幸いでした。

　でも、ぼくは貯金ゼロの都会暮らしに戻り、歳も三十代になって、何か空しくて気が抜けたみたいになったんです。鬱になりましてね。仕事を休んでカウンセラーに診てもらったんですけど、けっこう危なかったみたいで休養と精神科での本格的な治療をすめられました。でも、お金もかかるし、働かないと毎月やっていけないし、ほんと泣きたくなりましたね。休むための実家ももうないし、そういう精神的なことっていまでこそ世間的に少しは理解されるようになってきたけど、当時の会社の雰囲気からして「そうか、それは大変だね、少し休養してから戻ってきてね」なんて言ってくれそうにはありません。何とか上司に伝えてみたのですが、やっぱり無理でした。「休んでいる間に席はないかもしれないぞ」と言われました。

　自暴自棄みたいになってしまって、それならもういいやって、会社を辞めました。数日間ぼおっとして、それからスーパーで安いアルコールを買ってきて飲み始めたんですが、みじめでおいしくありません。精神科に通うお金なんてないし、ただ部屋でじいっとして、失業保険も切れると、いろいろアルバイトをしては休み、という孤独な生活が続きました。はじめのうちは時々、前からの何人かの友だちが連絡をしてきて心配してくれましたが、いっしょに遊ぶお金もないし、もともと飲み友だちみたいな緩やかな関係ですからね。深刻な顔をして元気のないぼくの様子に、だんだんみんな疎遠になりました。

そんな状態の暮らしが十年くらい続いたでしょうか、いつの間にか四十代になっていました。アメリカもバブル崩壊で日本も世界も経済危機、なんていうニュースをインターネットで知り、以前働いていた不動産会社の人たちも大変だろうな、くらいは考えましたが、もうぼくは世間一般への興味をなくした世捨て人のようになっていましたから、すべて遠く感じられましたね。テレビも本もＣＤも売り払っていましたから、数少ない衣服のほかは、わずかにノートパソコンのインターネットとポータブルラジオだけのアパート暮らしでした。電話も携帯だけにして固定電話は売りました。前にいたところは家賃が高くて払えないので、いまどきこんな部屋あるんだと自分でもびっくりした古いアパートの一部屋に移っていました。風呂もなしで、三日に一回、銭湯に行っていました。ある小説家が家賃滞納時代のことを書いていますが、ぼくにはそんな度胸はありません。その時々のアルバイトで食いつないで、ひっそり生きていました。二十代に見えた外界の景色が三十代、四十代になると変わっていくってよく言われますが、ぼくの場合はもう雪崩現象の孤立人生ですから、風景が変わるどころじゃありません。時々心細くなると、生きている意味自体がわからなくなりました。アルバイト仕事の場で出会う人たちとはそれなりに会話もしたし、仲良くもなりましたが、派遣業が多かったから同じ人と同じ仕事をする機会はあまりなかったんですね。それを自分で望んでいるようなところもあったと思います。

じゃあ、ただつらいばかりの十年間だったかというと、それも違うんですね。その間のぼくにも数少ない楽しみがありました。ひとつはこのラジオ番組を聴くこと。ハハハハ、ごますりじゃないですよ。それから、これがポイントなんですが、図書館です。ええ、本が借りられる、あの公共施設。皆さんは図書館って利用されますか。ぼくはあの空間が学生の頃から好きなんですよ。高校の頃は学校の図書室で世界の名画とか観て感動してましたし。雪舟の水墨画とか、ターナーやレンブラント、ゴーギャン、シャガール、カンディンスキー、マグリット。こうやって思い出してると、我ながらずいぶん絵画好きな高校生だったんですね。図書室への愛着は世界の画集のおかげかもしれません。それで、四十を越えて原点回帰みたいな感じで、ぶらりとまちの図書館へ通い出したんです。住まいの近くにある図書館はもちろん、電車に乗って近場のまちの図書館に行って休日を過ごすとかね。

本自体が好きなんですね。それから、図書館独特のあの雰囲気というか、まるで世の中の喧騒とか流行はすべてまやかしで、書物の空間に集う人びとの顔こそが本当の心なんだと感じられるような。ぼくはその頃、自分はもう社会の落伍者というか、よく聞く「負け組」ってやつだろうって感じていましたが、図書館で古今東西のいろんな人の本を読んでいると、心がワールド・ワイドになってきてね。ほっとすると言うか、ほんのちょっとだけど、生きる力が甦るような気がするんですね。この感動的な本を書いた人はもうとっくの昔に死んでいるんだなって思うと、何か静かな共感というか、自分自身の心臓の音にこの死者の記憶が新たに乗り移るみたいな感覚ですね。心の痛みが合唱しているような。

大げさに聞こえるかもしれませんが、ぼくのみじめな現実を温めてくれただけじゃなく、こうしていまに至る道を用意してくれた図書館や書物というものに本当に感謝しているんですよ。

そんなある日のことでした。四十代のはじめです。ある図書館でプロ野球関係の本をパラパラと見ていたのですが、ぼくはこどもの頃からパ・リーグのファンだったので、昔のパ・リーグ球場の観客のまばらな写真を懐かしく見ていました。川崎球場のオリオンズ対ライオンズとか、西宮球場のブレーブス対ホークスとか、藤井寺球場のバファローズ対ファイターズとかね。それに比べてこのごろは、というのは今現在のことですが、実力だけじゃなくて人気もパ・リーグ頑張っていますよね。北海道も博多も仙台も千葉も埼玉も大阪もね。で、図書館で写真を見ていたのは、そのパ・リーグ・ブームがようやく始まる気配の頃だったんです。人生が大変で、しばらくもう野球なんて観ていなかったんですが、久しぶりに観てみようかなって気持ちになって。その時、後ろから男性が声をかけてきました。振り向くと、五十代はじめくらいの感じの少し太った人で、丸顔に鋭く細い眼が光っていました。春先だったでしょうか、紺色のパーカーを着ていました。その左斜め後ろには同伴者らしい二十代前半くらいのショートヘアで眼鏡をかけたジーンズ姿の女性がいます。男性の第一声が「あのー」だったか「もしもし」か「すみません」「ちょっといいですか」「こんにちは」、どれだったか、よく覚えていません。図書館の係の人ではないようだし、まさか刑事のわけもないので、はて何でしょうって感じで振り向いたまま、次の言葉を待ちました。男性は寄ってきてぼくの手に持つ本をめくって指さしながら、

「さっきの、ほら、この写真。ここに写っているの、わたしです」

ええっ、って感じですよね。指さされたところを見ると、がらんとした外野席のアップ写真の右端の方、若い男女のカップルがイチャイチャしているではないですか。思わずぼくは本に目を近づけて、それから背後の男性の顔と見比べました。はっきりはわか

らないけれど、そう言われれば同一人物のように思えますし、そんなことで嘘をついても、貧しいぼく相手では何のメリットもないでしょうから、信じました。

「レロン・リーが逆転ホームランを打ったんですよ。それでカメラマンの注意がライトスタンドに行って、わたしたちを発見して面白がったんでしょうね」

へえ、そうなんですか。とりあえずそう返して、あぜんとしていると、若い女性も話してきました。

「いっしょに写っているその女性は母です」

ええっ。また絶句です。この人たちはいきなり何なんだろうって。でも、不思議と警戒心はわかなかったんです。なぜなら、その頃はお話ししたようにどん底の孤独な日々でしたから、かえって偉大な古今東西の書物のおかげで気持ちが浮き世離れしていたんだと思います。謎のふたりに興味がわきました。でも、仕事以外は誰とも話す機会のない日々でしたから、言葉が出てこないんですね。呆然とするばかりです。

「この子は娘です。その写真の妻はもう死にましたが……。野球がお好きですか」

あっ、ええ、まあ。こどもの頃よくパ・リーグの試合を観に行きました。いまみたいに衛星放送でいつも観られる時代じゃなくて、テレビはセ・リーグばっかりでしたからね。この写真、川崎ですよね。ぼくも行きましたよ。ライオンズの石毛宏典がオリオンズ・エース、マサカリ投法・村田兆治のすさまじい剛速球を華麗に打ち返したシーンとか覚えていますよ。最近は見る機会がありませんが。

「そりゃあびっくりだ。わたしはまだ妻と結婚する前で、あの球場をデートに使わせてもらいました」

ハハハハ。そうですか。確か、あそこの球場の外の屋台、イカ焼きがうまかったですよね。その場であぶってしょうゆの匂いの。

「そうそう。懐かしいな」

「父は時々この図書館にこの本を見に来るんです。わたしも母といっしょの若い頃の父が新鮮で、たまにいっしょに来ます。もう書店じゃ売ってませんからね」

「実は妻はこの子を産んで何年かして事故で亡くなりました。ひき逃げです。ちょうどその頃、川崎球場からプロ野球が撤退したんですよね。わたしにとってあそこは妻との想い出の場所ですから、ダブルパンチくらったみたいにショックでした」

こんな大事な話を会ったばかりのぼくと立ち話で……。なぜかぼくの中に罪の意識が出てきました。ぼくでいいんだろうか、こんなシチュエーションでいいんだろうか。すると、聞かれました。

「この近くの方ですか」

あっ、いいえ。電車で三十分くらいの隣町に住んでいます。ここの図書館がわりと好きで、たまに来ています。

「そうですか。わたしは川崎から来ました」

それはお疲れさまです。では、いまも親子であちらにお住まいですか。

「いえ、わたしは結婚して東京に夫と住んでいます。時々、父がここへ来る時に会ったりするんです」

「わたしも仕事は東京なんですが、住まいはなかなか川崎を離れられません」

亡くなった奥様をいまも愛しておられるのですね、とぼくは心の中で言いましたが、口に出す勇気はありませんでした。

「よかったら、一度うちに遊びに来ませんか。これも何かの御縁、うちには昔のプロ野球の写真とかありますよ」

そう言って男性が手渡しした名刺には、放送関係の肩書きがありました。ええ、お邪魔でなければ、ぼくもひまな人間ですし、たまには多摩川の向こうへ行ってみましょうかね。

その後、時々、川崎に出かけるようになり、その人・雄一さんとすっかり親しくなりました。放送関係の立派な方がどうしてみすぼらしい中年のぼくなんかに目をかけてくれるのかわかりませんでしたけど、不思議とウマが合うと言いますか、お互いにリラックスして楽しく交流させてもらいました。兄弟というよりは、共通の関心を持つ同志みたいでした。お酒が入ると、どちらからともなく、すごいコアでレアな野球シーンを持ち出してね。そこでまた、ああ、そうだったなあ、なんてね。たとえば、雄一さんはこんな具合です。

「大阪の藤井寺球場最終試合はバファローズ対マリーンズだったなあ。一九九九年十月七日、観衆一万八千人よ。雪降ってた気がするのは記憶違いで、ありゃあファンの花吹雪だったなあ。近鉄いてまえ打線爆発の夜でねえ。四本ホームラン打ったかな。大阪のファンは大喜びだったけど、ロッテ・ファンがまた泣かせてねえ。負けたのに、今日がこの球場最後ってことでね、共に思い出をありがとうって感じで、近鉄ファンに向かって大きな拍手のエールを送ってねえ、試合が終わっても帰らずにいっしょにいたんだよね。まだテレビや新聞はセ・リーグばっかしだったから大して報道されなかったけど、あれは感動したよね。ぼくなんか仕事休んで新幹線で行ったもんね。この二チームといえばよお、一九八八年川崎球場の『一〇・一九』。昭和の最後の年になぜかパ・リーグがお茶の間の話題になったなあ。仰木マジックとかいって、秋に近鉄が西武を猛追してねえ、最終試合のダブルヘッダー川崎球場。いつもはガラガラの球場がその日は違って異様な熱気でねえ。確かテレビも騒いだんだよね、珍しく。あん時、近鉄奇跡の逆転優勝を阻止したロッテは恨まれたけど、十一年後のこの大阪でそん時の借りを返したんだね。近鉄がファンに借りを返したとも言えるだろうけどね。そんな苦楽を共にしてきたパ・リーグ特有の連帯感、たまらなかったね。いまとなっちゃあ、もう近鉄は球団自体がないけどね。ぼくはロッテだけじゃなくてね、パ・リーグみんな好きなんだよね。そういうところ、あなたも同じですごくうれしいねえ。さあ、もう一杯」

そんな時、雄一さんは亡くなった奥さんの仏壇に手を振って、おーいクミちゃんもいっしょに見てるかあ、って話しかけるんです。彼にとってはずっと、球場の外野席で奥さんが隣にいるんですね。時代が変わっても、パ・リーグのどの球場にも、そこに行けば奥さんが若い頃のままで微笑んでいるんですね。おふたりの出会いも川崎球場の近くだったとか。写真の彼女はえくぼのチャーミングな人でした。奥さんが亡くなった後、お友達の紹介でつきあった女性もいたようですが、どうもしっくりこなかったみたいで再婚しないまま、やっぱり亡くなったクミちゃんがいいそうです。

そんなこんなでぼくは雄一さんとよく会うようになって、埼玉所沢の西武球場とか千葉マリンとかでたまにいっしょに野球観戦もするようになりました。時々、娘さんとご主人もいっしょにね。彼らは別にパ・リーグ・ファンじゃないんだけど、お父さんの熱狂ぶりに目を細めてる、すごくいい人たちです。

長くおしゃべりしてしまいました。とまあ、そんなこんなで、ひょんなことからびっくり仰天、ぼくはいつの間にか映画『二死満塁』に出させていただいているわけです。この映画の役回り、どこかぼくの半生とも重なります。どんな風にかは見てのお楽しみ。これまで遠回りの人生で歳食っちゃったけど、不思議なご縁でこうして生きています〉

夢旗さん、ありがとうございました。

もっと聞きたいですが、お時間が来ました。映画『二死満塁』、皆さん、ぜひ観てくださいね。

では、夢旗ひろしさんからのリクエスト曲をお届けします。スティング「シェイプ・オブ・マイ・ハート」。

I know that the spades are the swords of a soldier
I know that the clubs are weapons of war
I know that diamonds mean money for this art

But that's not the shape of my heart

（知っているよ
スペードは兵士の剣
クラブは戦争の武器
ダイヤは技へのお金
でもわたしのハートはこんなかたちじゃない）

＊　＊　＊　＊　＊　＊　＊

フランス語には女性名詞と男性名詞がある。ドイツ語だとさらに中性名詞というのが加わる。フランス語の会話において直前に出てきた名詞がそのいずれであるかによって、代名詞「それ」も女性形、男性形となる。それが単数か複数かによってもきっちりと代名詞が変わり、会話スピードの中でよくもこう咄嗟に、半ば無意識に区分けできるものだと他言語文化圏の初級学習者は感心するのだった。

逆に、日本語を学ぶフランス人などにとっては、主語が省略されたり、目的語の対象もわざとぼかされることの多い日本語という文化には驚嘆である。古典文学にいたっては長くどこまでも続く一文の中で、いつの間にか動作主つまり主語がかわっていたりするからやっかいだ。その複雑で模糊としたものを含む文化への礼賛もまた、外国人研究者によってなされてきた。

他人の庭は良く見えるが、他人の庭など見ようとしないよりはいいだろう。フランス語の文章が記された紙が、たとえば破られて部分だけ示された場合など、その断片の神秘的な響きは思わぬ魅力を放ったりする。かつてシュールレアリスムが、かの言語圏で盛り上がったのもうなずけよう。

〈それ〉とは何か。〈彼〉とは、〈彼女〉とは誰か。〈彼女たち〉はそれぞれ誰か。文脈の中の指示語は、突然の断面図で謎に変わる。それは生きることそのもののようだ。もしかしたら、謎こそが肯定されていいのかもしれない。

明晰さこそフランス語の特長だと専門家は言うが、たとえばノルマンディ地方の薄く幻想的な夕焼け時、列車の中の男女が人の目もはばからず夢中で互いのくちびるを吸い合っているならば、車窓に流れるくすんだ白の町並みとコローの絵のようなうぐいす色の野原に、アジアからの若い旅人は寂しさよりは解放感を覚えるだろう。霧の中の軽はずみに介入してはならない神聖な炎に、ここでは自分の今後も映画の情景になるかもしれないという予感。いま目の前の中年男女は夫婦かもしれない。恋人かもしれない。とにかく、愛しあっているということだけが現実として切り取られているのだ。旅人は勝手に想像する。いっしょになれない事情のふたりだろうか。せめてパリまでの逃避行か。ところが、案外、長く連れ添った普通の夫婦のありふれた光景かもしれないのだ、ここでは。そして、電車の中の誰も彼らに干渉しないし、ジロジロ見たりしないのは、生は謎のままがいいと知っているからかもしれない。

謎ということ。

それは曖昧さを特徴とする日本語の人びとだけの領域ではない。あちらの言語構造が論理的で明確なのは、もしかしたら人間存在の謎の時空の広大さに飲み込まれないようにするための、知恵のバランスかもしれない。背景の異なる謎だらけの者同士がコミュニケーションをとるには、一定の明確さが必要だ。

ジュテーム。

主語と目的語をはっきりさせて、心細さが心細さに伝える。

〈わたしはあなたを愛している〉のだ。

だが、その愛というものは、どこまで行っても謎かもしれない。

メトロの中でも愛撫を忘れないフランスのアベックは、手をつなぐのさえ震えてしまう日本のどこかの青年と、同じ謎の中にいる。

内乱と戦争と権力抗争ばかりが歴史だと教えるのも間違ってはいないが、所詮ヒトは弱肉強食でやってきたとシビアに伝えるのも正しいが、毎日どうやって食いつないでいこうか不安でいっぱいの人びとに、どう頑張ってもお金持ちにはなれない大多数の人びとに、歴史上の膨大な現実、事実の束を隠さずに届けた後、ぐるりとめぐっていまも、すべては謎の人類であると教える師がいてもいいではないか。

なぜ、あなたは彼を好きなのか。なぜ、きみは彼女に首ったけなのか。すべては謎だ。謎の向こうへ旅立つ時、いや、謎の奥深くへと踏み入っていく時、謎は謎のままで、何かが響いてくるだろう。その痛みのニュアンスを人に伝える時、置いてきぼりにされたような各個の生はどこかでつながるだろう。未来の歴史書には載らないかもしれないが、今日の心に力をくれるに違いない。

＊　＊　＊　＊　＊　＊　＊

八月になりました。いかがお過ごしですか。

〈四月は残酷な季節〉とイギリスの詩人Ｔ・Ｓ・エリオットは言いました。にょきにょきっと植物が生まれ変わって、再生と共に死も意識する春ですね。日本でも桜満開の鮮やかな中で物憂いものも感じられるでしょう。

〈十月はたそがれの国〉というのはアメリカのSF作家レイ・ブラッドベリの小説集です。静けさが深まる秋には寂しいだけじゃなくて、時に怪奇的な世界への思いも意識されます。

では、八月は?

セミの声、スイカ、入道雲、ラジオ体操、海や山、高校野球、そして戦争が終わった季節。いろいろと浮かびますね。

でも、本当の真夏っていうと、七月の方が合うかもしれません。八月になると、こう、なんというか、はかなくて物悲しい予感というか、風の感じがふいにどこか秋なんですよね。もちろん今年も猛暑ですから真夏なんですけど、皆さんもお盆あたりからちょっと秋の予感がしませんか。そんな八月、意外と物思いの季節じゃないかなと思ったりします。

お便りを紹介しましょう。うしろ月夜さんからです。

〈ポエジーさん、いつも楽しく聴いています。ずいぶん前にこの番組で紹介された瑠璃っちょ少女さんの奮闘記、共感しました。彼女は立ち直ったでしょうか。

　わたしも若い頃、演劇をやっていたんです。好きな松本清張の『砂の器』に出てくるような若い劇団員や芸術家のドロドロとか恋愛関係のもつれとか、うんざりするほど実体験しました。わたしのいた劇団は世間的にメジャーにはなれなかったのですが、脚本を書いたこともあって、『月読みのあたしのみこと』というのをやったのです。瑠璃っちょ少女さんが書いていたツクヨミさん、月の神様ですね。それを女性の生理とからめてね、ちょっときわどいんだけれど、毎月やってくるその血のめぐりが来ないんですね。主人公にとっては神様のようだった恋人にそのことを言えなくて、女の子が人知れず妊娠恐怖の日を過ごす。男は直感でそれを察知するのね。それでここからが見どころなんですけれど、女が恐れていたのとは違って意外にも男は妊娠を喜びます。それで、結婚しようって言うのです。女もその気になって、おなかをさすりながらふたりで月見をします。女の口からポッと出てくるせりふ「月読みの、あたしのみこと」。男は微笑んで抱きしめるんですよ。なかなかのラブシーンじゃない。でもそこからいろいろあって、境遇と時代に翻弄されてね、結局ふたりはいっしょになれずに違う道へ別れていくのでした。ラストシーンはフランスで暮らすかつての「月読みのみこと」君がルーブル美術館のメソポタミア文明関係のものを見て、古代、使われていた太陰暦のこよみを想像するところ。舞台の端には、横浜の小さな神社で八月の満月を黙って見つめる女。彼女は流産したんですね。そういう話です。妊娠・流産などは完全なフィクションですけれど、途中までは実話がかなり入っています。これを上演して、わたしは演劇から足を洗おうって決めていました。小劇場でちょっとしたヒットだったんですよ。もっと大きいところでやらないかって、わたしスカウトもされました。皮肉なことに女優じゃなくって、一度きり担当した脚本の方でね。でも、演劇の世界の人間関係に疲れちゃっていて、その劇を潮時と考えて辞めました。

その時はとても苦かったけれど、いまから思うと悪くない経験でした。瑠璃っちょ少女さんのおかげで、いまそんな風に感じます。次の年末年始は久しぶりに横浜に行ってみようと思います〉

なるほど。ありがとうございます。うしろ月夜さん、ワケアリの横浜ですね。その劇観てみたいなあ。リスナーの中に演劇関係者がいらっしゃったらリバイバル上演しませんか。エフエム・ポエジーがプロデュースしてもいいなあ。うしろ月夜さん原作の『月読みのあたしのみこと』と、瑠璃っちょ少女さんの『神々の原宿ピクニック』の二本立て。こないだこの番組に出てもらった俳優の夢旗ひろしさんにも出演してもらおう。映画でもいいかもしれません。
では、ここで一曲。うしろ月夜さんのリクエストで、エンヤ「エコーズ・イン・レイン」。

Echoes in rain
Drifting in waves
Long journey home
Never too late
Black as a crow
Night comes again
Everything flows
Here comes another new day

（こだま、雨
波うって漂う
長旅だった帰り道
遅すぎはしないんだ

烏羽色の
夜がまたやってくる
すべて流れ出してきて
さあ　新しい一日だ）

＊　＊　＊　＊　＊　＊　＊

今日から新世紀だ、という朝はその意識だけが人類だった。それぞれは、きのうと変わらぬ現実の日常劇だ。二十一世紀も二十世紀も十九世紀も。一時間単位でスケジュールをこなしている者が百年の神秘を抱え込む朝。きのうは百年前に始まった何かの終わりであり、まるで自分で見てきたかのように、時には確かな画像とともに、ひとつ前の世紀を振り返る。おのれの寿命のスパンを超えた時空であり、スケールの大きくなった頭脳に、もののとらえ方自体の変化が生じるだろう。そんなに大雑把に歴史をまとめていいのか。だが、自分さえよければいいと考えがちな人間がひとときホモ・サピエンス代表となって見渡すことは、感動的ではないだろうか。たとえそれが知ったかぶりの妄想だとしても、力の妄想にまみれて血だらけのまま世紀をまたいで続く現実世界に対抗する、素朴なかたちのもうひとつの妄想は、案外地球住民多数の代弁かもしれないのだ。

とにかく旧世紀は終わった。新しい朝なのだ。自分も世界も可能性があるのだ。新しい音楽が始まるのだ。そう感じる朝は百年に一回しか来ないから、侵食してくる日常劇の止めようのない役回りにしばられて、新世紀二日目には早くも旧世紀をなぞっているかもしれない。音楽は、痛いかもしれない。それでも新しい朝なのだ。まだ始められるのだ。

高揚と志と夢と意気込みの二〇〇一年第一日目から十年以上が経過した。二十一世紀全体の中ではまだいまも〈新世紀初頭〉だが、巷の言葉からは枕詞は消えて、何かの始動点としての現在を語る視点も見られなくなった。相変わらず、というかいっそうの混乱をもって、世界は旧世紀を上演し続けているかのようだ。しかし、毎年、年末年始になると、カレンダーを意識する中で大きな時空〈二十一世紀〉が甦ってきたりする。すると、いつもは慌ただしく日常生活をこなすだけの思考が、世界情勢や今世紀の見通しなどといった次元に入っていくこともある。そんな時、関連の何かに結びついている、忘れるわけはないが忘れようとしていた存在が、ふと思い出されてしまう。

加奈にとって、前世紀末を共にして、今世紀初めに別れた豊はそういう存在だった。

毎年の年末年始になると、どうしても記憶に悩まされてしまうのだ。

二〇一六年一月一日朝。新幹線が新横浜に着くと晴れていたが、大阪の明るさと違ってどこか不安な空気に感じられる。トイレを済ませて在来線乗り換えの階段を上がりながら、加奈は今日が元日であることを意識した。

横浜線のホームに根岸線直通の大船行きが入ってくると、鎌倉の鶴岡八幡宮にお参りに行く乗客や新年早々ミナト・ヨコハマを旅する人びとに交じって、普段着の地元住民も乗り込んだ。横浜線という名称をどうしてこの郊外路線に付けたのだろうか。一般にイメージされる横浜は、江戸時代末期に開港して以来、日本と世界をつなぐ窓口、ハイカラ文化の発祥地、つまり横浜港一帯と周辺の京浜工業地帯辺りのものであろう。具体的には、大桟橋、山下公園、港の見える丘公園、元町、本牧、中華街、馬車道、伊勢佐木町、野毛。さらには後から次々と観光化された、マリンタワー、ベイブリッジ、みなとみらい、赤レンガ倉庫、臨港パーク。これら一帯は地理的に見ると、三百万人以上の人口をもつ巨大都市であり政令指定都市である横浜市のごく一部なのだが、全国各地の人びとが〈横浜〉と言う時に指している場所のほとんどは、この港エリアなのであった。ところが、ＪＲ駅で言うと横浜、桜木町、関内、石川町という四駅にほぼしぼられるこの中心エリアを走る電車名は京浜東北線であり、別名・根岸線だ。それに対して横浜線という一見メジャー風の名を付けた路線は、渋い港湾工業タウンの東神奈川駅から菊名や新横浜などを通って、少しずつベッドタウン化していきながら元々は農業がメインでさえあった、のんびりとした郊外方面へと進むのであった。その終着駅は東京都の西の外れの八王子。なるほど八王子市民から見れば、「ちょっと横浜へ」という感じにぴったりくる路線名であろうが、横浜市民から見ると、あるいは世界各地からの観光客から見ると、実に不思議な〈横浜線〉である。

加奈はそんなことを思いながら、やはり故郷の街が懐かしかった。ごく若い頃、彼女が暮らしていたのは海沿いに南下した港南区というエリア。市営地下鉄と京浜急行の上大岡駅近くのアパートに住みながら、仕事や休みの日のぶらぶらは港周辺まで出かけ、幼少期の出身は磯子区という根岸線沿線だった。彼女にとっての故郷・横浜のイメージは、横浜港から南の方への一帯、根岸線と地下鉄と京浜急行のエリアなのである。そんな彼女にとって横浜線沿線は縁のない不思議な光景だ。それでもいま新年の電車の中で交わされる地元民のちょっとした会話に、肩の力が抜けたような安心感を覚えるのだった。

なるほど大阪弁は柔らかくて魅力的だが、全くアクセントの違う関東人が自分の言葉のアイデンティティーを疑う日々は最初はしんどい。暮らしているうちに自分の言葉に大阪風が奇妙に交じってきて少しずつ同化していくものの、かえって自分の根っこにある横浜を意識することも多くなる。さすがに十年以上住めば大阪の仲間入り。加奈はそのことに安心していた。

東京文化圏に吸収されてしまって消えた感があるが、本来の横浜風は良く言えば気さくでサラッとしている。悪く言えばちょっとルーズでなれなれしいかもしれない。「それさあ、なんかいいよねえ」「どっちでもいいじゃん」。気さくさだったら大阪も負けないが、大阪弁は実は洗練された気配り派である。「ほんまですなあ、ほな、ぼちぼちいきましょや」と相手が笑顔で言う時、心細さが消えて、すべてが合意ではなくてもニュアンス的に人間信頼関係が築けて、仕事でも交友でもこれから珍道中でもあるかもしれないという楽しい気分になる。気さくさというよりは高度に庶民的な気遣いと呼んだ方がいいだろう。これが横浜だと友だち言葉的な響きはいくらなんでも失礼かも、と無意識のうちに敬遠されて、公式の場はかたい調子の標準語が登場するのである。音感はまったく違うように聞こえる大阪弁も、なんとなくくだけた感じや人懐っこくなれなれしいニュアンスにおいては横浜と共通性をもっているかもしれない。コミュニケーションの流儀やフィーリングにおいて京都と大阪が全く違うように、東京と横浜も本当は違っていた。どちらがいいとか悪いとかではない。関西に住んでみて加奈が感じたのは、観光的によく言われる神戸と横浜の類似性よりは、関西の横浜は大阪だということだった。雑多な大都会に各地から住み着いて交じっていった港周辺の陰のある人間模様。不安と期待が隣り合わせの巨大な街。三大ドヤ街は、首都・東京の山谷以外に、大阪・釜ヶ崎あいりん地区、横浜・寿町だ。港の風が感じられる共通性か、大阪も横浜もブルース、ソウル、ロック、ジャズの伝統がある。大阪人が大阪弁でシャウトして生きざまを語るのはなかなかカッコよくて、住み始めた頃は心細い夜などミナミのライブハウスに行ったものだ。ハマッ子の彼女にとってそれは横浜の昔の雰囲気とダブるものだった。

加奈は苦笑する。どうして新年早々、後ろを振り返るのだろうか。こないだはFM番組への投稿に〈うしろ月夜〉なんて名乗ってしまった。今晩、新しい月は見えるだろうか。

〈よこはまー、よこはま〉

こどもの頃から無数に聞いた退屈なこの駅名アナウンスが、新しい密度で耳から胸の奥深くへ打ち響いてくる。

十数年間、一度も来なかった。

故郷の変転に寂しいものを感じながら、回想と郷愁の痛みに身をゆだねるのは意外と心地よいものだ。

横浜駅で降りないまま、電車のドアが閉まる。この電車は根岸線直通なので桜木町、関内と走り、やがて石川町駅に着く。正月の中華街でごちそうを食べようとカップルや家族連れや観光客が降りる。加奈も降りる。電車が去ったホームで立ち止まる。山手方面のトンネルの上に丘が見える。昔の外国の外交官の家などがひろがる地帯だ。

このホームからの丘の情景がスイスのベルンで見た丘に似ていることを発見したのはいつだっただろう。クレーの絵が好きで美術館に行った後、夕暮れのベルンのまちを歩いた。見上げると、雪交じりの小高い丘に木々が並ぶ。あっ、石川町。

二十代のはじめの頃、彼女は関内の馬車道近くにあるフランス語学校に通っていた。仕事帰りに週二回だっただろうか。劇団では食べていけないので飲食店のアルバイトを転々として、これからの生き方に迷っていた頃だ。フランス映画や絵画や音楽が好きで、いつか本場でエスプリのきいた演劇をフランス語で理解したいという夢があった。読む方は自信があったし、日常会話もいい線まで行っていたが、映画を字幕なしですべて聴きとるにはまだ修業が必要だった。でも、演劇なら、古典劇の筋をあらかじめ知っていて現代語版を読んでいけば、なんとか耳もついていてきてくれるのではないか。留学するお金はなかったが、旅行程度でもそういうコアなものを体験できそうな気がして、芝居やアルバイトや劇団の人間関係のゴタゴタに疲れ切っていても、不思議とフランス語の予習復習は楽しいのだった。その語学学校のクラスの人たちとも仲良くなって、関内や石川町で飲んだりもした。

特に豊は同世代だったこともあって、いつの間にかクラス仲間もふたりをひやかすほどのいい感じになっていた。語学学校、それも英語ではない場合、年齢も経歴もさまざまな人たちが同じクラスで学ぶのは楽しい人生勉強であるだけでなく、その言語を選んだのだという不思議な一体感、同志と言ってもいいような親和感があるのだった。豊はクラスでただ一人の男性だった。山元町で飲み屋をやっている世話好きの五十代の太ったマダムなどは「ユタカちゃん」とかわいがっていたし、レッスンの時もクラスの女性みんなが豊に微笑むのだった。

豊は川崎に住む国際関係のＮＰＯ職員だった。日本で働いている外国人が気軽に利用できるコミュニティを運営したり、川崎に多い在日コリアン関係の生活支援に取り組んだりしていた。大学在学中からボランティアで熱心に活動し、卒業後、みんなに請われて専従職員になったらしい。給料は十分でなく、バーでピアノを弾いてなんとか稼ぎ足していた。豊自身はロックとシャンソンが好きだったが、ジャズやポピュラー音楽、歌謡曲まで、客の好みに合わせて何でも弾いた。たまにリュックひとつでフィリピンやミャンマー、タイ、中国、韓国などを旅して、いつも仕事で会っている人びとの故国の様子を肌で感じてくるらしい。英語のほかにかじっているいくつかの言語はまだペラペラの領域に達していないが、この感じで行ったらきっといまに稀に見る多言語通訳者になれるだろうと人びとは敬意の目で彼に接していた。ある在日コリアンの男性などは、いずれ豊が国連事務総長になると本気で信じているほどだった。

「豊くんは国際意識が高いね。あたしより二つも若いのに」

「加奈ちゃんの方がすごいよ。劇団女優さんだもんね。セリフ大変でしょ。覚えるの得意なんだね。フランス語の過去分詞なんてお手のものかな」

「大変だよ。こないだなんて『そんな惨いことできないわ』ってセリフだったんだけど、脅迫されて詐欺師の片棒担がされる役でね、知っている人からお金を騙し取るんだけど、『そんな痛いことできないわ』って間違っちゃった。大して意味違わないじゃん。でも許されないいんだ。終わってから、もうバカスカ怒鳴られた」

「〈痛い〉って咄嗟に出てきたんなら、加奈ちゃん、詩人だよ」

「詩人て、ポエムの」

「そう。親しい人のお金を騙し取るのを〈惨い〉っていうのはその行為が残酷で、そんなことをわたしにさせるのは関係上キツイよって感じ。でも、〈痛い〉ってのはさあ、もっと切実に自分自身の痛みとしてその知り合いの人の心の中に入っている。より深いところで痛みを感じている。そういうのって詩人だよ」

「ありがとう。豊くんは詩が好きなのね」

「もともとフランス好きも詩から入ったからね。向こうじゃ、ポエジーって言うのかな」

「豊くんも詩を書くの」

「ヒ・ミ・ツ」

「今度うちの劇、観に来てくれる」

「呼んでくれるの。ありがとう」

　豊は不思議な男だった。会話上手で安い服でもお洒落なものを見つけるのがうまく、ピアノを弾く姿も洗練された感じだ。だが、ものごとを見る眼はシビアで時に辛辣だった。収入的に底辺の境遇でもやりがいのある仕事に飛び込み、アジアや南米など出身の人びとと苦労を共にしている。なんでもこどもの頃、多摩川河川敷の土手下にひっそりと暮らしていた在日コリアンの人びとのことが気になり、高校生の時にこうした状況に至る歴史を調べたという。それ以来、自分の足で行動し、思ったことを前に動かしてきたのだ。このギャップが加奈の好奇心を刺激した。最初は興味本位だったが、いつしか恋愛感情に近づいていった。謎めいたところが魅力であると同時に、怖くもあった。裏側から来た人のような感じがした。だからこそ自分にはないものを感じてまた魅かれていくのだった。

加奈は二十代になって豊に恋するまで、性的な意味で男性を好きになったことはなかった。どんどん恋愛に進む周りの女の子たちとくらべて、そんな自分は異常なのではないか。どうして普通の異性への欲求が希薄なのか。加奈はそれを誰にも言えず、会話ではあのコがかわいいとかかっこいいとか調子を合わせて普通の女性を演じてきた。豊との出会いは革命だった。ついに自分の女性ホルモンが開花した。恋心に自分で気づいた夜、彼女はワインを買ってきて、ひそかに一人祝賀祭をやったほどだった。中学生の頃から生理は人並みに訪れたが、性欲は微妙で、あると言えばあるけれども、それは特定の男性に対してというよりも、体自体が無対象に疼くようなそんな感じにすぎなかった。その自己処理も、不思議な夢の世界の漠とぼやけたものに向かって想像力をはばたかせる行為であった。ようやくいま、豊という具体的な心身をもった異性としての男性に向きあっているのだ。我ながらそのエネルギーは強く、自分でも信じられないくらい積極的にアプローチする女性になっていた。

　出会って二年後、ふたりはいっしょに住んでいた。豊はＮＰＯの活動の場で知り合った川崎在住の放送関係者・雄一の紹介で、ジャーナリズム方面への出入りが多くなり、社会派カメラマンやマスコミ関係の人びとと協同する新しい仕事が増えていった。ＮＰＯ法人の専従職員を辞めて、日本で暮らす外国人労働者や難民の問題をさらに大きな場でクローズアップして伝える仕事に向かって行った。だが、収入の不安定さは前よりも増したので、夜のバーのピアニストの仕事も増えていた。豊の演奏はちょっとした評判になってプロダクションからの誘いもないわけではなかったが、プロのミュージシャンとしてデビューする意思はなかった。場末のバーで深夜演奏することは食っていくための仕事であるだけでなく、自らの心を癒す大事な時間でもあった。いつの間にか店で豊の十八番になった「マイ・フーリッシュ・ハート」「アイム・ノット・イン・ラブ」などをさりげない深さで演奏する時の横顔が、加奈は好きだった。

　加奈もまた、劇団と飲食店の仕事のかけもちで忙しかったが、そろそろ自分の道をリセットする時だと感じていた。この劇団でずっとやっていくのはしんどかった。内紛や方向性の激論、男女の人間関係のもつれ、生活苦で脱落していく団員、と暗い話題ばかりになっていた。豊以外の男性に異性意識を感じない加奈は、そんな劇団の中で皆の調整役のような信頼を得てはいた。同世代なのにまるで彼らの子守をする母親のようだった。唯一の〈永世中立国〉として、劇団員たちは彼女を〈スイス〉と呼んだ。その国が、ドイツ語、イタリア語、ロマンシュ語とともにフランス語も公用語とすることを彼女は知っていた。習ったフランス語を使ってパリへ旅する時が来たら、好きなクレーの絵がたくさん所蔵されたスイスの美術館にも行こうと夢見ていた。だから、〈スイス〉というニックネームは嫌ではなかった。だが、転じて国際赤十字のような存在を期待されて、痛手を負った面々を平等に癒す役割はしんどかった。戦地で公平に看病することだけが平和主義ではないだろう。何気ない日常生活の中で世界平和を願い、できることをするのが彼女のスタンスだ。もはや戦場と化した劇団の終戦への道はただ一つ、解散および今後の不干渉講和条約の締結しかないのだ。喉元まで出かかるその言葉〈解散〉は彼らを前にすると言えなかった。現状を打開するために、リーダー格の男は加奈に脚本を依頼した。彼女は断った。女優を志していたのであって、書く方はやったことがないし才能もない。だが、激烈に傷つけあっている劇団員たちのほとんど全員が奇妙にも一致して加奈に頼み込む光景は予想していなかった。加奈は折れた。

「やってみるよ、あたし」

ただし、と彼女は付け加えた。この仕事を無事終えたら劇団を抜ける。それは前から考えていたことだ。本当は解散を提案しようと思っていたけれど、みんなまだ続けたいようだから、自分の書く脚本がみんなのハートを再度つなぐ役に立てるならうれしい。そう告げた。劇団員たちは動揺して口々に止めたが、加奈の意思が固いことを知ると、うなだれながらも、わかったと言った。

「スイス女史の新たな旅立ちとぼくたちの再出発の大事な劇になるね」

数日後にみんなの前でリーダーはそう言った。守という名の大柄な彼は生涯どこまでも演劇で食っていくことをあきらめないタイプだった。いまごろ、どうしているだろう……。

ふたりの住まいは横浜市中区に隣接する南区の下町だった。しゃれた元町のある石川町駅を反対側へ歩いていくと、昔から労働者街だった一帯につながる。横浜橋商店街などを歩けば昭和時代にタイムスリップした感覚になるだろう。庶民の暮らしが見られる一方で、社会の底辺を感じさせる旧貧民街や色町の名残も濃厚で、ミナト・ヨコハマの全貌は、この辺りも歩かないと知ったことにはならないだろう。市営地下鉄の阪東橋駅、伊勢佐木長者町駅も近い。少し歩けば、京浜急行の日ノ出町、黄金町、根岸線の関内駅もある。ふたりの新居は阪東橋駅と石川町駅の中間辺りに新しくできたコーポだった。上大岡の加奈のアパート、川崎の豊のアパートよりは高いが、その合計金額よりはずっと安いので、割り勘して払うとそれぞれの生活も助かるのだった。１ＬＤＫだった。加奈は二十八歳、豊は二十六歳になっていた。どちらも結婚を意識していたが、互いにそれを言うのが怖かった。

〈八幡様〉と言えば、横浜人の多くは鎌倉の鶴岡八幡宮を連想するだろう。豊と加奈にとっては中村八幡宮だった。横浜橋商店街から地元名物の芝居劇場・三吉演芸場を過ぎ、中村町方面にどぶ川を渡ってさびれた商店通りをしばらく行くと交番があり、そこを左折すると裏側に神社がある。境内はひろくないが、参道の階段を上がったてっぺんは崖下のちょっとした丘になっており、晴れた日にその社殿に立つと崖の草を揺らす風が心地よく、空をのんびり眺めながら遥かな気分にさせてくれる。猫がひなたぼっこしていることもある。

「八幡様に行こうか」

「そうしよう」

「加奈ちゃんの脚本、いつまでに書くの」

「いきなりじゃ無理だから半年もらったよ。書いてみんなに見せてから半年稽古して、来年のいまごろ上演」

「大変だね」

「うん」

「ちょっと話があるんだけど……」

「……」

「俺、ヨーロッパ修業の切符もらえるって……。雄一さんの紹介でこんなところまで来たけどさ、認められたみたいなんだよ。スポンサーが現れてヨーロッパの在住外国人支援のあり方を見てこないかって、勉強してこないかって、そういう話」

「すごい。どこの国なの」

「イギリスとフランス」

「やったじゃん。どれくれい居れるの」

「とりあえず一か月ずつで計二か月。いま所属しているところも理解してくれてね、休職扱いでまた戻るんだ。往復の飛行機代と、向こうの施設みたいなところに泊まらせてくれて、その代わりにできる範囲でお手伝いの仕事をする。休みの日は自由にしていいって」

「おめでとう。あたしもうれしいよ。フランスにはアフリカ系の人たちとか旧ユーゴ関係とかたくさん外国人いるもんね。どんな支援してるんだろ」

「ありがとう。でも……せっかくここで加奈ちゃんといい感じで暮らしてるのにさ、大丈夫かな」

「何言ってんの。ひょっとして浮気とか。豊くんに嫉妬される身になったか。大丈夫に決まってるじゃん」

「信じてるよ。そういうことじゃなくてさあ、なんていうか、俺、この報道の仕事、あ る予感がするんだよ」

「どんな」

「加奈ちゃんも知ってるでしょ。湾岸戦争とか、PKOとか、ああいうやり方、俺が認めてないこと。それからいまのアジア各地の紛争とか。人にお世話されてヨーロッパ修業して本格的にそういう国際関係の在野報道のプロになっていくとさ、つまり自分の身もそういう現地に入っていくわけだ。戦場カメラマンさんと話しているとさ、尊敬するんだけど、どこか俺とは違う生き方だなって。自分に向いてるのは日本で暮らす外国人の困難打開の力になることかな、NPOに戻ろうかなってね。でも、ほかの国でやってる外国人や難民支援活動はもっと知りたいし考えたい。そういう勉強って意味じゃあ、ヨーロッパ、いい機会なんだよね。イギリスからフランスに行く時はさあ、新幹線ユーロスターはやめて、憧れのドーヴァー海峡、船で渡って、ノルマンディから列車でパリへ、なんて夢見ちゃうけどね。スポンサーが俺に何を求めているのかってのがまだわからないからさ……」

「豊くんの道、またちょっと違った角度から仕事する方向じゃないかってことだね。それで迷ってるの」

「うん」

「よし、じゃあ、ちょっと気分転換に八幡様にお参りに行って猫ちゃんに聞いてみよう」

「ハハハハ。そうしよう。そうだ、今晩満月らしいよ」

「楽しみね。八幡様の後、久しぶりに中華街で食べよっか。それからまた満月のお散歩」


豊のピアノが聴こえてきた気がした。

石川町駅のホームには何本も電車が来て、客を降ろし、トンネルの中へ去って行った。次の山手駅からはぐっと地元住民率が上がるが、今日は初詣に鎌倉まで乗り継いでいく客がずいぶん混じっているようだ。

どれだけここで佇んでいたのだろう。加奈は駅の階段を下りた。

〈寿町〉という名称はそこで暮らす底辺層の人びとに辛らつだ。日本三大ドヤ街。一九八〇年代初頭には少年たちによるホームレス殺害事件もあって、その現場も寿町から山下公園にかけてだった。黒澤明の映画『天国と地獄』ではないが、この横浜の港の中心エリアは、きらびやかな夢の世界と、荒れてさびしい現実が、それこそ一本の道を隔てたくらいの至近距離で隣り合わせなのである。人びとが中華街や元町や丘の上へ向かうのと同じ石川町駅を出て、ほんのちょっとだけ違う方向へ歩くなら別世界。輝かしい寿町という名前をもったホームレスの簡易宿泊所地帯や、これも輝かしい真金町という名の旧・遊郭エリア、庶民的と呼ぶか旧スラムと呼ぶか論争が起こりそうな中村町や八幡町、そして加奈と豊が暮らしていた横浜橋商店街周辺。

ドヤ街の一歩手前、寿町の始まりはラブホテル街になっていて、裏手には横浜家庭裁判所がある。加奈の両親はここで離婚手続きをしたらしい。もうどちらとも会っていないので詳しくは知らない。いつかそのことを豊に話したら、加奈ちゃんの人生をぼくと塗り替えようと言ってくれた。いま、そこの記憶は、自分の養育をめぐって調停を受けた父母の場所ではなく、豊と寿寸前だったことの痛みに変わっていた。

フランス人にはバカンスがあるが、お金をかけずに旅するカップルや友人同士は、割高な日本旅行をなんとか実現するためにインターネット情報を駆使して低価格の観光客向け宿泊施設を見つけ出したりする。日本の巷に流布するフレンチなるイメージの正反対に、彼らは賢くお財布を締めながら、質素で安価ながらセンスのいい服を着る。また、中国人観光客が皆、爆買いする金持ちかというともちろん違って、電化製品店めぐりよりも本当の日本の文化を見に来る旅人も多い。韓国や東南アジアからも多くの観光客が日本に来るが、ホテルや旅館の高さは一番の悩みの種だ。こぎれいで国際的感覚の安宿アイデアが歓迎される。

豊はいま、横浜橋商店街から歩いて行かれるところで、そのような宿を運営しているという。なぜ、そのエリアなのか。加奈は胸の内が勝手な想像をするのを自戒しつつも、ひそかにかすかに、何かを感じてしまうのだった。

十数年前、中村八幡の境内の小高い丘でいっしょに見た満月。なぜ別れたのか、自分たちさえわからない。イタリア映画にエットーレ・スコラ監督『あんなに愛しあったのに』というのがある。レジスタンス仲間だった三人組の男性がその後それぞれの道を行く中で友好を守りつつも、考えの違いや女性関係をめぐって少しずつ人生の苦みを増していくという筋だ。それでもイタリア映画らしい人情味が温かく、見ている方は救われる。リアルなのは、仲がいいということは必ずしもハッピーエンドに結びつかない、ということだ。豊と加奈が別れたのはどちらのせいでもない。相互の合意だった。豊がその後どこで何をしていたのかは知らない。加奈は知人の紹介で大阪のフランス語学校の事務員に転職した。

世紀をまたいだあの日々は、遅い青春のイニシエーションだったのだろうか。

加奈はその宿泊施設の前に立った。オソオセヨ、ホワンイン、チャオムン、ウェルカム、ビアンヴニュ、ヴィルコメン、ビエンヴェニードス、ボアズヴィンダズ、ベンヴェヌーティ、……。何ヵ国語もの〈歓迎ようこそ〉が原語の綴りで看板に書かれている。素泊まり三〇〇〇円、長期割引あり、清潔。全部手書きだ。彼らしい。宿の入口扉に貼られたポスターには神社境内の絵が描かれていて満月の夜空を背景にした夢幻世界のような中心部にはいくつもの絵馬があるのだった。よく見ると、そこに刻まれているらしい言語は多様で、加奈には判読できないアラビア語やミャンマー語、タイ語、ペルシア語などもある。聖母マリアや弁才天やヴィシュヌ神、阿修羅にスサノオ、月読命、太陽神ラーに豊穣の女神イナンナ、ケルトの妖精や道教の仙人。さまざまな宗教の八百万の神々が日本三大ドヤ街の地で、平和友好や人生開花を祈る。小学校の運動会のような万国旗も吊り下げられていて、サッカーJリーグやプロ野球のすべてのチームのステッカー、国連憲章まで窓に貼られているのは愛嬌か。これが、世界各国から来る旅人に豊が差し出す素朴な情景だった。この金額で宿の維持ができるのだろうか。

本当に自分の知っている豊がいまここにいるのだろうか。経験してきたであろう厳しい現実をくぐり抜けて、それでもこんなアイデアで前進しようとする彼に、自分は共通の言葉をもっているだろうか。扉を押す勇気がなかなかなくて、加奈は町内を何周かした。これから新年のカップ酒でも飲むのであろう日雇い労働者風の初老の男が、うろうろする加奈をじろりと見た。埃っぽい夕暮れが新年早々、人恋しい何かを運んできた。

痛みを照らす月は出た。
だが、その明かりが新しい旋律に転調していくのかどうか、それは謎のままだ。

＊　＊　＊　＊　＊　＊　＊

生きているのです

生きているのです
血まみれの遺体を見せられても
現場が確認されても

生きているのです

報復するって
誰にするのですか
直接殺した人を殺しますか
土地の人びとを空爆しますか
これを機に軍事を加速させますか

誰に報復しても
この命は
帰ってきません

でも生きています
生きているのです

取材の方々

どうして目が輝いているのですか
お金は弾むからと
いつまで不幸を撮影するのですか

世界は願いでできていると
信じ続けていいですか

心臓が止まりました
口がふさがれました

だから

引き継ぐのです
願いの鼓動を
夢の語りを

＊　＊　＊　＊　＊　＊

お便りを紹介しましょう。音楽図鑑さんからです。

このペンネーム、坂本龍一の名盤タイトル『音楽図鑑』でしょう。あとで一曲その中からかけましょう。「マ・メール・ロワ」「旅の極北」「森の人」、どの曲にしようかな。

では、お便りを読みます。

〈こんにちは。ぼくは日本に三年住むミャンマー人です。ミャンマー知っていますか。まだ問題残っているけれど、これからきっと大丈夫の、いいところです。ヤンゴンから来ました。勉強して働いて、夢はミャンマーと日本、もっと仲良しになるお手伝い。高田馬場にミャンマー人の先ぱいがいます。昔、軍政府ににらまれて逃れてきた人たち。尊敬してます。

日本語むずかしいね。でも先生親切。横浜で外人泊まる安いホテルやりながら日本語教えてくれます。音楽図鑑ＣＤ、先生から借りた。とてもよかった。先生ピアノ弾きながらいっしょに歌うことあります。

時々、日本人にミャンマー語を教えてほしい言われてミャンマー文字見せると、彼らおどろく。こんな不思議な文字あるのか。知恵の輪みたいじゃないか。知恵の輪って何。これだよ。見てぼくもびっくり。これミャンマー文字みたいじゃないか。ミャンマー人から見ると日本語の方が不思議。同じ地球の人間なのに不思議。

こういうのを世界は広いっていう。先生が教えてくれました〉

音楽図鑑さん、ありがとう。

ミャンマー。行ってみたいですね。ディレクターさんが行ったことあって、バガンという古い遺跡が特に素晴らしいそうです。大地にどこまでも続く無数のパゴダとお寺、それも日本のお寺とは違う感じの神秘的な光景とか。世界三大仏教遺跡。人びとはのんびりしてとても親切とのこと。ね、ディレクターさん。いま、しきりにうなずいてます。

音楽図鑑さんのように〈世界は広い〉ってこと、生きる励みにできたらいいですね。

＊　＊　＊　＊　＊　＊　＊

梅雨空。初夏と真夏の間に立ち止まる、涼しい季節。雨の後の虹。
ニュースは気が滅入ることばかりですが、二十一世紀は始まったばかりです。
またお便りをご紹介しましょう。二十一世紀プログレってるさんからです。

〈ポエジーさん、こんにちは。ずいぶん前にゲストで出られた夢旗ひろしさんのお話、とてもよかったです。このごろテレビなどで見かけませんが、彼はお元気でしょうか。わたしは数年前まで小さな出版社の編集の仕事をしていましたが、もっと大きな力があったら、夢旗さんの手記を出版してベストセラーにしたいものです。わたしもずいぶん転々と生きてきましたから、夢旗さんのお話にあったような気持ち、わかりました。それと妻が図書館に勤めているので、図書館の出会いのお話も親しく感じられました。放送はわたし一人で聴いていたのですが、妻に伝えるととても共感してくれて、ふたりで『二死満塁』の映画を観に行きました。感動でした。妻はこの映画のＤＶＤが出たらうちの図書館にも置こうと言っています。
わたしたちが出会ったのもその図書館なんです。わたしは数年前に心を病んで落ち込んだ日々を過ごしていました。世界中が敵のように思われて大変でした。妻の強いすすめと励ましでそういう病院に診てもらい通院しながら静養していますが、図書館に行くのが唯一の楽しみになりました。出版社に勤めていたこともあって時々調べものをしに行くことはありましたが、一市民として自由に利用してみると、図書館て素晴らしいものだとあらためて実感しています。絶版になった書籍もたくさんありますし、人間が生きていく上で大切な心の栄養素が無数に保存されていて、手に取ってみたり、検索してみたりする段階でワクワクしてしまいます。

いま読んでいるのはメソポタミア文明のシュメール神話です。紀元前二千年などと聞くと気が遠くなりますが、日本の縄文時代の頃ですね。粘土板に楔形文字で記された人類の文学的達成。これがまた面白いんです。わたしは心理学をかじったことがあるので、農耕や牧畜や天地や大気、人の暮らしの環境を形成する原初的なものを象徴する神々の物語を読んでいると、男女の心の機微や人間成長のイニシエーションなど、連関するものの展開にうなずいてしまいます。そうか、四千年前から人はこうだったんだな、でもこれを野外劇場で演じたり鑑賞したり伝えていた人びとは全員もう死んでいるんだな、などと考えると、自分がいま生きていてこうして書物で世界とつながっていることの不思議な縁みたいなものを実感するのです。ほかには海の写真集などもよく見て癒されています。

夕方になると、仕事を終えた妻といっしょに図書館近くのちょっとした丘陵の森を散歩して、その日読んで感動したことなどを聞いてもらいます。話していると、妻が思いのほかいろいろなことを知っていて驚かされます。この夕方の森の散歩の時間がわたしは好きです。心を病んで仕事を失ったのは人生のマイナス・ハプニングと思っていましたが、いまはこれもわたしに本当に大切なものを思い出させてくれる機会だったととらえています。病院の先生と相談して無理のないように今後を考えないといけませんが、図書館でめぐりあう書物と妻のおかげで生きる意欲が日々新鮮ですので、少しずつ社会復帰していきたいと思います。鬱になったおかげで世界が深く見えてきたことに感謝しています。

そんなわたしにとって夢旗さんのお話と映画は、どこか自分の体験とも重なるものがあって、とても励まされました。わたし自身もいつか、価値ある本でも出せたらいいなと夢見ています〉

ありがとうございます。

繊細な方がこの番組を聴いてくださって、うれしいですね。本当に大切なものは何か、考えさせられます。丘の森を夕焼けに染まって歩くおふたりの姿、いいですね。

一曲お届けしましょう。二十一世紀プログレってるさんのリクエストで、キング・クリムゾン「アイランズ」。

Beneath the wind turned wave
Infinite peace
Islands join hands
'Neath heaven's sea.

Dark harbour quays like fingers of stone
Hungrily reach from my island.
Clutch sailor's words - pearls and gourds
Are strewn on my shore.
Equal in love, bound in circles.
Earth, stream and tree return to the sea
Waves sweep sand from my island,
from me.

（風が波を変えるその下には
果てしない平和
島々は手をつなぐ
天海の下で

薄暗がりの波止場
石でできた指のように
ひたすら伸びる
私の島から
つかみとる船乗りたちの会話
真珠やひょうたん
私の海岸にまき散らされて
愛に等しく、円を描いて
土と流れと木が海にかえり
波が砂を洗う、私の島から
私から）

＊　＊　＊　＊　＊　＊　＊

誰にも会いたくないのに、誰かに会いたい。

　そんな精神状態が顔に出た無数の雑踏が、日曜日の歩行者天国を埋める。促される消費と、外から見るだけの流れに傷つきながら、ひとり聴く音楽だけが本当の世界への通路となっている。


　瑠璃っちょ少女こと瑠璃子は、カウンセラーになろうと思った。高校の図書室にはその関係の本はあまりなかったので、帰りに大きな書店に寄った。

　この頃では演劇部も休みがちになって、もうやめようと思っている。文化祭のことで傷ついたからではない。一年半やってみて、自分は演劇よりも書物の文学の方が好きだとわかったからだ。友だちと喧嘩したわけでもないし、普通に会話しているけれど、この頃、自分の中に何かいままでとは違った、大きな変動を感じるのだった。みんなで何かをつくりあげるのはそれなりの感動がある。映画と違って演劇は、舞台の目の前に生身の観客がいて刺激的だ。勉強を兼ねて顧問の女先生がおごってくれた一流劇場での鑑賞も面白かった。流行の現代劇も西洋の古典劇も、ついには歌舞伎まで生で観た。それは瑠璃子の中にある旺盛な文化欲求を刺激した。

でも、それよりも深く彼女を惹きつけたのは図書館で借りてきて読む文学作品だった。古典の女流作家たちの日記文学や物語、和歌、俳諧。近現代のさまざまな作家たちの小説。『更級日記』『蜻蛉日記』『紫式部日記』『今昔物語』『宇治拾遺物語』『万葉集』『新古今和歌集』『おくの細道』。鷗外も漱石も芥川も谷崎も多喜二も鏡花も志賀も有島も、川端も太宰も昇平も周作も清張も、そして何人かの現代作家たちも、文字を通してその世界に入っていく時の不思議な感覚がやめられなかった。高二の夏頃には、ヨーロッパ文学に触れ始め、いっそうひろく、心という領域、人類世界の領域へと入っていった。

そうした広大な人間絵巻に触れるうちに、ついに彼女は、〈詩〉にたどり着いたのだった。世界文学に入っていくと、詩というものが文学の根源的な位置を占めていることを知って驚いた。日本では書店に行くと小説はたくさん置いてあるけれど、詩は虐待されていた。知らない人びとはきっと、そうか詩はこの程度のマイナーなんだとか、わずかに置いてある詩集のみがメジャーなんだなどと勘違いすることだろう。でも、瑠璃子は感づいてしまった。詩は本当は日本でも脈々と続いているらしい。それ以上に発見だったのは、世界では詩こそがすべての文学いや芸術全体の祖先であるということである。

祖先であり孫でもある。いまも世界各地の人びとが詩を読み、詩を書いている。

そういうことに詳しい先輩がほしくなって人の紹介で大学生グループと交流するようになった。その中で聞いた話では、お隣の韓国では書店に行くと詩だけでワンフロア近くのスペースを占めていて、若い詩人の詩集なども売れている。フランスでは戦前戦後のさまざまなポエジーが書店に並んでいるだけでなく、ヨーロッパ各国や世界各地の詩人の翻訳本も並んでいるという。

ところが日本では、まるで地下組織のように地味なところでたくさんの詩集が日々生み出されているのだった。本屋に行ってもなかなか読むきっかけのないそういう「地下世界」のうごめき。その神秘な響きが瑠璃子を魅了した。

ポツポツと詩を書くようになった。どこかに発表するあてはないが、詩を書いていると自分自身の内側深くを自分で発見するような感覚があって、彼女は内省という新たなイニシエーションの次元にさしかかったのであった。

瑠璃子は家庭の事情で祖父母に育てられていた。親がどういう人でどうなったのか、どうしているのか、それは彼女と祖父母だけが知っており、級友にも教師にも謎だった。いろいろ複雑な事情があるのだろう。瑠璃子は素直で快活な少女として周囲に好感をもたれていたから、あえて誰もそれ以上は聞こうとしなかった。

瑠璃子は無理をしていた。祖父母を悲しませてはいけない。親がいないからダメになったと世間から言われたくない。人間は独立した意思で未来を切り開いていくのだ。彼女は勉強でもクラブ活動でも頑張り屋さんとして通っていた。こどもの頃から成績もよかった。だが、いつも人の目を意識して隙をつくらない生き方というのはどこかで破綻してしまうものだろう。彼女の中にたまっていたものが飽和状態になった時、文学そして詩との出会いが救ってくれたというわけだ。それは大きな力を内側から与えてくれるのだった。

実人生の本当の行路は何もまだ始まっていないのだった。大学進学の希望はあるにしても、具体的な進路を決めなければいけない時期に来ていた。文学を専門的に学ぶのもいいだろうと思ったが、「地下世界」の神秘に入っていくには、かえって文学部とかそういう地上コースに頼らずに、何かほかの専門に進みながら人間社会にもまれて、その中で、本当に書きたいものを書いて詩の地底深くへもぐりこんでいきたいと思い直した。

高二の文化祭が終わった秋頃から、スマートホンにイヤホンをつないで音楽を聴きながら、瑠璃子は時々、新宿周辺の雑踏を歩いた。古事記から現代劇をつくろうとしただけあって、音楽も自分が生まれるずっと前の洋楽からお気に入りを見つけたりした。「地下」の領域に向かうには、あらゆる先入観を捨てて原物に当たること。これが彼女のモットーだ。十七歳の女の子にとって、大都会を独りでうろつくのは無性に寂しい。でも、刺激のない部屋で独り過ごし続けるのはもっと寂しい。耳から入るメロディとリズムが励ましだった。

歌舞伎町周辺は彼女の領域ではないが、その裏手にある花園神社にはよく行く。境内は不思議な落ち着きがあって、どことなくかなしみが漂っていて、都会の深淵で働いてきた女性たちの願いの系譜を感じさせた。彼女の家系の何かと関係しているのかもしれない。神社からゴールデン街を通って駅の方へ歩いていると、お巡りさんが時々心配そうに声をかけてきた。

新宿二丁目のゲイタウンも歩いた。瑠璃子の級友に一人それらしい男の子がいるので、そこを歩くたびに連想した。彼もいずれここに出入りするのだろうか。特に親しいわけではなかったが、『神々の原宿ピクニック』の劇を気に入ってくれて励まされた。とってもいいやつだ。女の直感で、この子、女入ってるな、とわかる。彼の場合、半ば公認のところがあって、そういう大らかな雰囲気は世界史の教師である三十代の担任男性の人柄によるところが大きかった。

ゲイタウンと言えば、瑠璃子が見つけて気に入っている一九八二年のヒット曲にボーイズタウン・ギャングの「君の瞳に恋してる」というのがある。アフリカ系のマイルドな声の女性ボーカルと白人系と思われる男性たちのグループで、さらに昔の誰かの曲をうまくアレンジしてカヴァーしたリズミカルで美しい恋の歌だが、発売当時このグループがゲイの街サンフランシスコから登場という宣伝文句があったらしい。その歌を聴きながら、いつかサンフランシスコという街へも行ってみたいと思うのだった。一九九〇年代にヒットしたイギリスのジョージ・マイケルやペット・ショップ・ボーイズは自身がゲイであることを告白している。自分が生まれる少し前の曲は、瑠璃子にとって痛みの根源のひとつである親の青春を想像させる。彼女が生まれたのだから両親はゲイでもレズビアンでもなかったわけだが、その誕生が親子三名いずれにとっても痛みであったことは、遠くブリティッシュ・ポップを流行させていたゲイのミュージシャンへの漠然とした親近感を覚えさせるのだった。自然に愛を貫くために、時として法律や制度、偏見などと闘わねばならないということ。だが、痛みは否定の対象ばかりではない。そこから〈うた〉が生まれるのなら。

新宿二丁目は海外からの観光客にも有名だが、瑠璃子はその辺りをぶらぶらすると落ち着くのだった。「地下」の匂い。心の痛みを知る人がここには多いかもしれないと感じるのだ。

世界の歌を聴きながら都会の深淵を歩くことで、彼女の中に夢がひろがる。だが、帰宅して現実の静寂に空を見つめると、寂しさがしずくとなるのだった。彼女が深夜にひとり涙をこぼしていることを友だちも知らなかった。ずいぶん無理をしているのだなと自己分析できたのは最近で、小説や詩によって人間を多面的に見られるようになり、ふと自分自身の寂しさから目をそらさないようになったのだ。

〈世界はどうしてこんなに寂しいんだろう〉

彼女にはまだ、内側から流れてくる自分自身の音楽が聴き取れなかった。

何の傷にしろ人の痛みに鈍感な世の中で、瑠璃子は痛みというものをコミュニケーションの根源に置きたいと考えていた。

痛みの音階をつかみたい。自分と同じように、人知れずかなしい人びとのひとつひとつの心に向き合いたい。

心理学を勉強して臨床心理士になりたい。でも、自分自身がカウンセラーに診てもらおうと思う不安な人間なので、大丈夫だろうか。

世界史を教える担任教師にそれを言うと、黙って瑠璃子の目を見つめながら、うなずいた。そしてしばらくして、言った。

「セクハラじゃないから、ちょっと握手していいかな」

瑠璃子は手を差し出した。先生の手は小さくて冷たかったが、そこから瑠璃子の内部の深いところに熱が伝わった。

「瑠璃ちゃんはとてもいい。

あなたならきっと向いている。悩める者じゃないと他人の痛みはわからないからね。つらくなったら、自分はいま人類史の内側の大きな中に存在しているんだってこと、思い出してみてね。いま生きている七十億人以上だけじゃない。アウストラロピテクス時代から世界中に散らばって生きてきた無数の死者たちも瑠璃ちゃんと共にいるんだ。古典が得意なあなたならきっとわかると思う。心深く、空間だけじゃなくて時間軸もひろげて見れば、きっと乗り越えられる。

ぼくの妻がカウンセラーって知らないでしょ。いつか困ったら相談に来るといいよ。

ついでにこっそり言うけどね。ぼくは新前教師だった頃、鬱になって仕事を休んだことがあったんだ。信じられないでしょ。意外と繊細なんだよ、ぼく。アハハ。その時の経験も瑠璃ちゃんの参考になるかも。

瑠璃ちゃんはいまから過大なものを背負い込まなくていい。瑠璃ちゃんらしく、一歩一歩、心ゆったりだよ。

さっきあなたが言った〈痛みの音階〉って言葉、大事だね。先生も学ばせてもらったよ」

そこでもう一度、先生は瑠璃子の手を握った。

「さあ、じゃあ、受験科目頑張らなくちゃね。国公立受けるんだったら瑠璃ちゃんは理科系が課題だね。ぼくから担当の先生に指導強化お願いしとくよ。

そうそう、少し前のエフエム・ポエジー、先生聴いたよ。ククククク……。瑠璃ちゃん、やるねえ」

＊　＊　＊　＊　＊　＊　＊

青

〈青春〉

の実態は

〈青〉
がくすんで
〈春〉
はどんよりと苦しくて

それでもどこか
草いきれにむせる緑色だったり
黄色やピンクのときめきだったり
後からは
青く見えたりする

〈まだ青いね〉
否定じゃない

青くなれること
それはそのまま
すてきなことだ

生きていると
激しい雨が降ってきて
雷が骨と骨の空洞に鳴り響き

なかなか先が見えなくなって
嵐は大切なものを次々と吹き飛ばし
雨漏りがおさまらなくなる
灰色の情景は黒ずんできて
原色がはるか遠くへ見えなくなる

それでももちこたえているといつか
風がそっとやってきて

雨があがったりする

銀色の向こうに
新しいニュアンスの
青空だ

夕焼けがにじんで
新しい力が満ちてくる

骨は感じる
空洞を埋めてくれたこの風は
愛にちがいない

夜空の群青色は闇じゃない
月は洗われて
昼の快晴空よりも

もっと深い青

生きていくことは
本当はずっと
青いのかもしれない

雨はまた降るだろう
だが雨にも愛がしみこむなら
何も恐れなくていい

〈まだ青いね〉
〈これからも青いね〉

それは大いなる肯定の海であろう

＊　＊　＊　＊　＊　＊　＊

秋になりました。いかがお過ごしですか。
土曜の午後、まだ地球は回っていますから、この番組でリラックスしてください。
きょうはじめのお便りは、……

＊筆者注

一、作中の詩「生きているのです」「青」は共に佐相憲一詩集
『森の波音』（二〇一五年）収録作品の全文。

二、作中の引用歌詞はいずれも部分抜粋。英語詞の日本語訳は
筆者による。引用した四曲は次のとおり。

Daryl Hall & John Oates「Method Of Modern Love」
（一九八四年アルバム『Big Bam Boom』収録）
詞 Janna Allen , Daryl Hall　曲 Daryl Hall

Sting「Shape Of My Heart」
（一九九三年アルバム『Ten Summoner's Tales』収録
一九九四年映画『レオン』主題歌）
詞曲 Sting, Dominic Miller

Enya「Echoes In Rain」
（二〇一五年アルバム『Dark Sky Island』収録）

詞 Roma Ryan　曲 Enya

King Crimson「Islands」

（一九七一年アルバム『Islands』収録）

詞 Peter Sinfield　曲 Robert Fripp

癒しの色あい

蹴り飛ばされて壁にうずくまるが、今度は体をつかまれて投げられる。体育の授業で習った柔道の防御など役に立たない。ごめんなさい、ごめんなさい。うるせえ、こいつ、懲らしめてやる、この野郎。大人の怒号が、触れられたくないさらに過去の傷をぱっくり開く。すべて、生きてきた十三年間のすべてが体ごと、存在ごと、張り倒され、否定され、打ちつけられる。ごめんなさい。それは、万引きへの謝罪を超えて、生まれてきたことそのものへの言葉だったか。警察には言わないでやるから、親にちゃんと報告してあしたまた親といっしょに出直して来い。はい、と返事をするのがやっとだった。うちへ帰ると、初めて涙が出てきて止まらない。やがて帰ってきた母に報告すると、母は怒るでもなく慰めるでもなく、迷惑そうに言った。お母さんは行かないよ、ひとりで行きなさい。だって親と来るって約束したんだよ。お母さんは行かないよ。そんなこと言ったって……。翌日、レコード店の開店とともにひとりで入ると、きのうの店の男は怒鳴った。親はどうした、来られないだと！　ふざけんな！　どんな親だ、お前の親は何を考えてるんだ！　この野郎、じゃあ学校へ電話しろ！　手帳を出して男の前で中学校へ電話して誰にどう伝えたか記憶にないが必死に伝えて、やがて店の男に代わると語気を荒げて、男はことの次第を学校側へ伝えたようだ。みじめな思いでまた電車に乗って、中学校へ行くと、生活指導担当の教師などが待っていて、そこでまた涙があふれて、とにかく話し合った。教師たちは意外にも優しく対応してくれた。日ごろ反抗したくて好きではない彼らの世話になることは屈辱だったが、ほかに誰も守ってくれないのだから覚悟を決めて反省し、彼らにも謝った。いまから思うと、教師たちの意外な同情は、俺の複雑な家族背景とさびしさを彼らなりに感じて、万引きなどしそうもなかった、そして素直な子に見られていた俺の内面に近づくチャンスにしようとしたのかもしれない。あのころはスクールカウンセラーなどという存在はなかったから、みじめだった。なぜ万引きなどしたのか自分でもわからなくて恐ろしかった。あの後、母との心の距離は決定的に遠くなったが、ふたりで暮らしている以上、俺の心に巨大化した疎外感は、母にも誰にも口にはしなかった。俺はまたいい子に戻らねばならない。だが、レコード店で蹴り飛ばされ、つかみ投げられ、罵倒され、嘲笑された時の恐怖や屈辱よりも、幼少期の父に続いて、母にも決定的な瞬間には見捨てられることを知った寒さはどうにも癒しようがなく、万引きこそもうしないものの、勉強も部活もますますさぼりがちになり、ただラジカセのエフエム放送から聴こえてくる洋楽にのめりこむことで、かろうじて生きる体温を補充した。

そうだ。あのラジカセはあの年の夏、久しぶりに会った父に買ってもらったんだ。中学祝いだからということで、夏の葉山の海でいっしょに泳ぎ、そしてあのレコード店が入っていた伊勢佐木町の家電店舗でラジカセを買ってもらい、大桟橋で海を見たのが最後だっただろうか。関内駅でおどけた最敬礼を俺にした父は、あのころ再婚したようだ。幼少期の恐怖に似た記憶のせいで十三歳の俺は父にうまく笑顔を返せなかったが。そうだ、あのラジカセで俺は世界と出会い、狭く苦しい家系の呪いから旅立とうとしていたのだ。けれど秋にミュージックテープを万引きしてしまった。さびしいからと正当化はできない。母が憎む父にもらったラジカセで聴くものを万引きしたのだ。呪いとはこういうことだろう。でも、そのラジカセで聴く洋楽とエフエム放送こそが、俺の自殺をとどめたのかもしれない。

ごめんなさい、ごめんなさい、母は来られないと言ってます、本当です、父はいません、誰も来ません、もうしません……。

＊＊＊＊＊＊

花粉症の季節、いかがお過ごしですか。
土曜の午後、まだ地球は回っていますから、この番組でリラックスしてくださいね。
きょうはじめのお便りは、欧州夢語りさん。

〈ポエジーさん、こんにちは。

わたしはベルリンから日本に帰ってきたばかりの中三女子です。親の事情でドイツに三年間暮らしました。ドイツ人の友だちもいっぱいできたし、とっても楽しい日々でした。よくドイツ人は理屈っぽいって言われるみたいだけど、わたしにはすごく優しかったし、あっちは夏休みも長いし、大学までお金もかからないし、なんかみんなゆっくりじっくり考えながら家族や友人を大事にして生きています。日本に帰ってきたら、郷に入っては郷に従えって言うんですか、お父さんも心配したんだけど、なんかやっぱりわたし合わないみたいで悩んでます。クラスの子たちと仲良くなろうと努力したんだけど、あんたは生意気だとか嫌味ばっかり言われて自信をなくしちゃった。勉強も難しいです。このごろ泣いてばっかりだよ。この番組を聴くのだけが楽しみです。高校生になったら、いいことあるかな……〉

欧州夢語りさん、お便りありがとう。そうかあ、心配だな。ぼくは何にもしてあげられないけど、思ったのはね、ドイツのお友だちをこれからも大事にしたらいいよ。あなたはヨーロッパで日本人の株を上げたんだから、堂々としていればいいよ。クラスの女の子たちはきっと嫉妬してるんだよ。みんな思春期の女の子ってドロドロの内面でもがいていて自分のことで精一杯なんだろうな。そこへさっそうと国際派のあなたが登場したものだからね。自分たちがまだ子どもなのが悔しいんだろうね。だから、あなたは気にしないでいいんだよ。中学最後の年、大変だろうけど、あなたにはベルリンのお友だちがいるんだよ。高校生になったら新しい環境になって道が開けるといいね。それを夢見てファイトだよ。

参考になるかどうかわからないけど、今日は欧州夢語りさんみたいに青春の入口で苦しんでいるリスナーの皆さんにひとつ、ぼくのカミングアウトです。ハハハ。ぼくはねえ、中一の頃、万引きしちゃったんだ。別に常時不良じゃなかったけどね、いろいろさびしくてね、ひとりぼっちだったのさ。見つかってボロボロになったし、もちろん反省したけど、その頃ひとりでエフエム放送で洋楽聴くのだけが救いでね、そんな子がいまじゃあこうしてエフエムのパーソナリティやってるんだからね。腐らなくてよかったよ。

おっと、こんなこと公共電波で話したら、週刊誌に書かれちゃうかな。でも、欧州夢語りさんや全国の似たようなさびしさを抱える親愛なるリスナーの皆さん、どうかこの番組で元気出してね。

では、ここで一曲お届けしましょう。すてきな欧州夢語りさんのリクエストで、U2「ステイ（ファラウェイ、ソー・クロース）』。これ、ヴィム・ヴェンダースのドイツ映画『ベルリン天使の詩』にインスパイアされてつくられた曲だよね。その次のヴェンダース映画『時の翼にのって／ファラウェイ・ソー・クロース！』の主題曲にもなりました。この曲を聴きながら欧州夢語りさんとごいっしょにベルリンへ想像の旅です。

If I could stay, then the night would give you up.
Stay, and the day would keep its trust.
Stay with the demons you drowned.
Stay with the spirit I found.
Stay, and the night would be enough.

（わたしがそこに居られたなら
あなたの闇も耐えられように
いっしょに居られたなら
日々信じて生きられように
あなたが溺れてしまった悪魔も共に

わたしが見つけた魂も共に
いっしょに居られたなら
夜だってもう大丈夫なのに）

＊　＊　＊　＊　＊　＊

白木蓮の少しクリームがかったつやのある花びらが、桜前線の到来を告げるように落ちる。大陸起源のわりと大きな木に風が吹いて、国際関係の傷を癒すような花吹雪だ。

少し遅れて咲いたこぶしの花びらは、よく見ると白木蓮とは違った顔で横を向いて全開している。日本原産のこの木は白木蓮よりも少し小ぶりで、それでも遠目にクリームがかって見える満開のありようは、両種がどこか深い根でつながっていることを思わせる。

人びとは桜の動向に夢中で、梅の次は菜の花を愛でてはいるが、それより前に真冬の大気にどんな香水よりもかぐわしいロウバイの、蠟のようになめらかでつややかなレモン色の花にはあまり話題を振らない。地面に地味に咲く真っ白なセツブンソウなど忘れられたかのようだ。

エフエム放送の心の準備をしながら、俺はそんなことを思った。ロウバイのレモン色、セツブンソウの白、白木蓮やこぶしのクリームがかった白、こうした花々はまるで安定した中継ぎ投手のように目立たない。梅や桜やツツジやチューリップ、彼岸花やコスモス、といったエース投手や守護神、あるいはクリーンアップ級打者の扱いにくらべて、淡々と咲き沈黙のまま枯れていく。誰もが通勤通学買い物途上で見慣れ親しんでいるようなのに、話題はなかなかそこに集まらない。

「話題」。これがくせものだ。大勢の人の間に生じるものは、どうしても最大公約数的なものになろう。本当は誰しもひとりきりの自分自身の内省に戻るとき、咲き乱れるこうした花々に等級などなく、たとえば俺はとりわけロウバイの香りに愛着を覚えるのだ。あわれを誘う桜もいいが、あんまり大騒ぎする群集には混じりたくない。

ロウバイの香り。恥ずかしいことについ数年前までその名を知らなかった。寒さの中で春を待つ頃、ふと巷に香るその匂いに毎年ハッとしながらも、発信源を認識していなかった。どこかの家庭から漏れてくる香水か石鹸、シャンプーなどの匂いかもしれないととらえていたのだ。秋のはじめの金木犀の香りは早くから認識し愛好していたにもかかわらずである。

香水か石鹼、シャンプーなどの匂いと思っていたゆえに、ロウバイのその香りは、夕暮れに灯る家や集合住宅の窓明かりと共に、家庭に縁の薄い俺にとって、ずっと長いこと痛かった。どう痛いかと言うと、ロックやブルースのシャウトする感じではなく、流行歌の激情でもなく、それは宗教的とも言っていい、静かでかなしい、風のような音階だ。意識から排除しているものがふいに甦るような、立ちどまらせ、うずくまりさえさせる痛みの音階だ。これだけはエフエム放送で再現できない。

半分透き通るビロードふうのなめらかなその花びらを撫でながら、ロウバイという名前を教えてくれたのは妻だ。まだ籍を入れる前、ふたりで野山をよく歩いたが、奥多摩の小さな人里のどこかから香ってくるその匂いに立ち止まって深刻な顔になったらしい俺に彼女は言った。

「ロウバイだよ」

「ロウバイ」

「蠟みたいな梅」

「へえ。てっきり老いた梅の老梅かと思った」

「わたしも前はそう思ってた」

「これ、ずっと何の匂いだろうって、知らなかったんだ」

「とってもきれいな黄色い花だよ。ほら、あそこ」

「ほんとだ。うわあっ、これが蠟梅か……」

「さっき、どうしたの」

「えっ」

「なんか急にかなしそうだったよ。心配だな」

「ああ、ありがとう。なんか、この匂い、ハッとさせるんだよ。金木犀なんかは素直に甘酸っぱい感じに入っていけるんだけど、ロウバイだっけ、これ、なんかヤバいんだよな」

「ヤバいって」

「うん。なんだろう。思い出したくないものを思い出しちゃうみたいな。でも、それでいて、強く惹きつけられるような……」

「かわいそうに……。きっと、また、にゃんぽんのかなしみだね」

「こりすちゃん、教えてくれてありがとう。ロウバイ、きれいだね」

　にゃんぽん、こりすちゃん、というのが互いの呼び名だった。ふたりで野山を歩いていると、それぞれがそれまで背負ってきた重荷を広大な地球自然の中にいったん下ろして、ふたり並んで山や空に向かって思いっきり伸びをした段階で、不思議な感覚が訪れる。ホモサピエンスだったたんだっけ。本当はリスとネコだったたんじゃないだろうか、あるいはタヌキやカモシカでもおかしくない。どうして人間などという残虐で意地悪で計算高い種に生まれてしまったのか、せめてふたりの間柄はもっとこの星の根源に結びついたものでありたい、だから互いをこりすちゃん、にゃんぽんとこどものように呼びあうのが自然なのだった。ふたりとも人間世界が冷淡なことは幼少時からよく知っていた。

どこの骨ともわからない捨てられ野良猫と、闇の木々を転々とわたりながら真実の実を求める野リス。古代中国の思想家・荘子が表現した、いま人間の荘子が蝶の夢を見たのか、それとも蝶がいま荘子の夢を見ているのか、どちらでもあるような感覚は、文字を覚えてまだ千数百年の島国に暮らす現代人のふたりにとって親しいものだった。

「中国の政治とか怪しい輸出食品は嫌だけど、中国のおかんとかおじさんとか、ほほえましいね」

「ハハハ、こりすちゃんの批評がまた始まったぞ。ぼくは日本の神社文化って中国の道教にルーツのひとつがあると思っているよ。弁天さんとかって中国からさらにインドまでさかのぼれるんだから面白いね」

「にゃんぽんは布袋さんだね。そのデブ腹をなんとかし給えよ」

「もうスリムだよ。ほら、お腹もこんなにやせたよ。こりすちゃんがつくってくれるヘルシー料理のおかげだよ」

「ありがとう。でも、まだまだじゃなあ。わたしのためににゃんぽんは長生きしてくれねいと」

「ぼくは中国の神仙思想とか漢詩とか好きだなあ。政治のことを言ったら日本もひどいからね。どこだって為政者は変なやつばっかりだよ。アメリカなんかも。でも、一般人にはどこだっていいやつがいっぱいいるよ」

「にゃんぽんの演説が始まった。横浜の中華街に連れてってくれたもんね。ありがとう。またにゃんぽんのふるさとにいっしょに行こうね」

「こりすちゃんがいっしょに入ってくれたから、おいしいものが食べられたんだよ。中華街ははたちの頃働いていたのにさあ、なんかどんどんブランド化して高くなってさあ、調子に乗ってるよねえ、ふざけんなって感じじゃん」

「じゃん、じゃん」

「ひとりぼっちの頃はさあ、なかなか中華街の店に入りにくかったよね。地元民をなめんなよって感じて、トレンディ・ドラマとかの舞台になったからお高くとまってさ。さびしかったなあ。昔はさあ、苦労してきた華僑のひとたちの気さくで庶民的な感じだったのに、最近は金もうけに向こうから新しく来た人たちに支配されちゃったみたいじゃん。愛想ないしね。インチキ占い師が店出しているし。はたちの頃、いっしょに働いた中国の人たちはほんと優しかったよ」

「じゃん、じゃん」

「こりす！」

「ほら、ロウバイが咲いてるよ」

香ってきたものに、俺は目を閉じた。この匂い。こりすの手を握ることでもう、痛みは痛みでも全く違う方向の、どこか心地よささえ伴い始めたものへと変わっているようで……。

これは……。

＊　＊　＊　＊　＊　＊　＊

波音　Ⅷ

震災停電も終わった日曜日
横浜港山下公園はつつじに青空

なんとなくかなしいぼくは
またここに来て
波音を聴いている

ザザーッ　ザザーッ

〈やっぱ　いいねえ　ハマは〉

その時だった

少し離れたところに
同じように
海を見つめる男

白髪が禿げかかっていて
浅黒い顔
小太りしたそれほど高くない背格好
作業員風の冴えない上着
よれよれのジーンズ
欄干に頬杖をついている

ぼくは動揺して背後の芝生に移動する

黙って海を見つめる男

通行人の喧騒の完全な外にいて

彼は海を見ている

彼自身の人生を見ている
通ってきた時代を見ている

激しいものがいっぱいあり
うまくいかなかったこともいっぱいあるだろう

その中に
初婚の時の息子の記憶は出てくるだろうか

名前と顔と性格と思い出は一体になっているだろうか
その息子がいまどこで何をしているか少しは見えるだろうか
その息子が遠くまで転々としてきたことが見えるだろうか
その息子が海を愛し港に来ていることを
少しは予感するだろうか

再婚後の彼の人生は
七十年近い歩みの中で
何かしら優しい景色となって
波間に見えているだろうか

ザザーッ　ザザーッ

いまさら〈感動の再会〉でもあるまい
声をかけるシチュエーションじゃない
母と父と幼かったぼくの物語はつらいから
中一の夏
大桟橋で再会した時の
ぼくから父への
父からぼくへの
ぎこちない微笑み

その記憶で十分だ

ザザーッ　ザザーッ

〈やっぱ　いいねえ　ハマは〉

彼もそう言っているみたいだ

〈父さんは詩人かもしれないね〉

ザザーッ　ザザーッ

もう一度ぼくは
老人になった父と
並んだ海岸に離れて立ち
波音を聴いている

＊　＊　＊　＊　＊　＊　＊

ゴールデンウィークも終わり、皆さんいかがお過ごしですか。

土曜の午後、まだ地球は回っていますから、この番組でリラックスしてくださいね。

きょうはじめのお便りは、サルワタリサルオさんです。


〈ポエジーさん、こんにちは。

友人にポエジーさんのことを言ったら、ポエ爺さんだって？　どんな爺さんだ、なんて言われました。すかさず、イカシタ爺さんだって返しちゃいました。ごめんなさい！でもすぐに、ポエジーってポエムの詩のポエジーだ、ミスターポエム、ムッシューポエジーだよと伝えましたからね。いまではその友人も聴いてくれてます。ポエジーさんは爺さんじゃないですよね。

さて、ぼくは爺さんの入口かもしれない退職者一年生です。運送の仕事をしていました。急に毎日が日曜日なんで戸惑っちゃって、時々時間給のバイトをしています。で、楽しみは地域で知り合った若い連中とたまに草野球やるんですよ。こう見えても、あっ、ラジオだから見えないですね、ぼくは顔が猿そっくりなんですが、髪も白髪が増えちゃったんですが、若い人たちに気持ちが若いってよく言われるんです。別に無理してはいないんだけど、けっこうこれで転々としながら前向きに生きてきたからかな。若い人たちと草野球やったり、飲みながらいろんな話したり、それがまたぼくの生きる活力になってるんですよね。ほら、よくあるじゃないですか、若い世代を理解しようとしないで、いまの若い者はとか、昔はよかったとか、ああいうのぼく嫌いなんですよね。ぼく自身が若い頃、すてきな年配の方にすごく励まされましたからね。今度はぼくが、っていう感じです。

それで、何年か前に交流して相談を受けた当時三十歳の男性と関係者がその後どうなったか、思い出すと胸が締めつけられて心配で眠れなくなるので、もう話してもいいだろうと思います。聞いてください。

それは草野球仲間で、日に焼けたマッチョ風の運送業ドライバーをやっていた明るい感じの人でした。当時の記憶をたどってみます。彼は結婚していてお子さんも一人小さな女の子がいるんだけど、奥さんとうまくいっていないみたいで、離婚しようかどうしようか悩んでいるそうです。びっくりしました。だって、かわいらしい感じの奥さんと、小学校に通う元気なお嬢ちゃんと三人でとっても仲良さそうに見えましたからね。もしや浮気かなと予感したけど外れで、そういう事件は何もないそうです。じゃあどうしてと聞くと、恥ずかしそうに言うんです。妻に愛されていないようだと。ええっ、そんなことないんじゃないの、お子さんがまだ小さいから奥さんも日々大変で、あまりベタベタしないだけで、外から見たらとっても仲の良いご家族じゃないの、と返すと、違うんです、外でとりつくろっているだけで、本当はもうずっと冷えているんですと言うのです。何か深刻な感じになってきたので、駅前の個室居酒屋に移動して二人きりでじっくりと聞きました。夫婦って長くいっしょに居て互いの嫌な面もさらしているから、倦怠期って言うのかな、そういうのはよくあるんじゃないの、と言うと、違うんだ、そういうの以前なんだ、と思い詰めたように語気を荒げてはごめんなさいとぼくに謝るから、いや謝らなくていいよ、ちゃんと聞くから本当の気持ちを聞かせてよって言いました。

ここからは彼が話したことのあらすじです。

まず、腰が抜けるほど驚いたのは、あのかわいい娘さんの実の父親は彼ではないということでした。細かい事情は知りませんが、その実の父親と奥さんには何か壮絶な悲劇があって、彼女ははたちそこそこでシングルマザーとして生きていく決意をしたらしい。そこに出会ったのがいま目の前にいる彼で、運送の配達をしているうちに友だちのように親しくなって、大変な母子のためにいろいろ知恵を提供したり、時には少し世話なんかもするようになったそうです。彼の方が異性として彼女を好きになって、少しして告白した。彼女の方は最初断っていたのですが、友人として熱心に誠実に会っているうちに情が移ったのか、あるいは小さな娘さんの方がすっかり彼になついているからか、再度プロポーズされた時にはその気になってくれたと言います。共働きになって家計もそれなりに安定し、特に何ごともなく平和に親子三人の時間が流れました。彼は心底娘をかわいがったし、妻を愛しているつもりでした。でも、奥さんが家庭の中で時々見せるどこか空虚な感じ、憂鬱な感じ、さびしそうな顔が気になり続けました。最近になって、妻に届いた一通の便りが彼にすべてを露呈しました。それはどこかで保護観察の身らしい、あの男に関する便りでした。公的な立場の第三者からの問い合わせのようで、いまではすっかりまじめになった男が自分の娘にひどく会いたい様子だが、そちらに迷惑はかけない範囲で一度娘さんを男に会わせる気持ちがあるか、妻に訊いてきたのです。さすがに奥さんは動揺して、ずいぶん考えた後なのでしょう、夫にその便りのことを打ち明けて相談したというのです。それを聞いた彼も動揺しました。話し合った結果、娘には娘の人生があるから実の父親に会いたければ会う権利があるだろう、だが娘はその男のいきさつと実情をよく知らない、小学生に伝えるのはかなりつらい話になるが伝えなくてはならない、その後のことは夫は妻の判断を尊重する、妻も会うことになるだろう、夫はいまも変わらず妻と娘を愛している、といった内容でした。でも、その話し合いが生じてから、ふと妻が見せるそわそわした表情、どこか興奮気味に輝く瞳、そんな瞬間を彼は感じてしまうのでした。

というわけで、ぼくに話してきたのでした。一体何と返せばいいでしょう。ぼくはもう黙ってうなずき、彼の肩と背中をたたきました。そして、次の休みにふたりでキャッチボールをしようと約束させて、眼で励ますしかありませんでした。彼ら一家がこの試練を経てどうなるのか、奥さんが夫への感謝からいまのままの家庭で踏みとどまろうとしても、むしろ彼の方が妻に人生の冒険の後押しをするのではないか、娘さんが心に負うだろう傷は大丈夫だろうか、彼はひとり去るつもりなのだろうか。ぼくにはあまりにも難しい問題で、軽はずみなアドバイスなどできるわけがありません。

次の日曜日の夕方、何を話すともなくキャッチボールしたのが、彼と会った最後でした。しばらくそっとしておきましたが、半月後くらいだったでしょうか、ぼくが夜遅く仕事から帰ってくると、ポストに彼からの手紙が入っていました。ありがとうございました、旅に出ます、探さないでください、妻と娘はじきに転居しますが、先日あなたにお話したというのは彼らに秘密ですから、そっとしてやってください。それを読んで、ぼくは久しぶりに泣きました。十年ほど前に妻を亡くした時以来です。ぼくはその時、知らず知らずのうちに自分の息子のように感じていた彼の旅立ちを実感しました。

ポエジーさん、聞いてくれてありがとうございます。この便りを書いていたら、少し気持ちが落ち着きました。いま、彼らがそれぞれどこにいるのかわかりませんが、人生行路がどうか光るものであってほしいと祈るしかありません〉

サルワタリサルオさん、ありがとうございました。とても苦い話ですね。その時の娘さんはもう中学生でしょうか、高校生でしょうか。彼女の心を癒してくれる音楽があるといいですね。そして、旅に出た彼はきっとどこかで新たな歩みをされていて、つらい時にはサルワタリサルオさんが受けとめては投げ込んだ胸のボールの色あいが支えになっていることでしょう。

それでは、サルワタリサルオさんのリクエストで、ロキシー・ミュージック「トゥルー・トゥ・ライフ」。この曲の心情はさすらっていった彼の胸の内のようでもあるし、サルワタリサルオさん御自身のテーマでもあるようですね。ぼく自身も流れ者だから、しみじみ聴きます。

So I turn the pages
And tell the story
From town to town
People tell me
Be determined
Poor country boy
Too much luck
Means too much trouble
Much time alone
But arm in arm
With my seaside diamond
I'll soon be home

（だからぼくはページをめくって
物語を語るんだ
まちからまちへとね

よく言われるよ
「もう落ち着いたらどうだ
哀れな田舎ボーイよ」
運良くいくってことは
それだけ困難もついてくる
孤独もついてくる
それでも我が海辺のダイヤモンドと
手に手をとって
ぼくはじきに帰るんだ）

＊　＊　＊　＊　＊　＊　＊

色彩を極めるのは画家だけじゃない。染め物をつくりあげるのは伝統職人だけじゃない。色恋沙汰とか好色とか人は使いたがるけれど、それがどんな色なのかは人それぞれで、下半身だけが色を持っているわけじゃないだろう。色々と言ったって、悲しみ色とか思い出色とかあなた色とか、コマーシャルな言語体系に包囲されたこの世の中で、本当に生きた内面が色々あるのなら、癒されるかたちも無限に変わってゆくだろう。移り変わることの無常をはかないと感じながらも、むしろ移り変わることこそが救いであるような危機を生きている存在の色あい。類型化した虚飾の体系を超えて、埃をかぶった心の原色図鑑を取り出してみる。記憶は決してセピア色なんかじゃないだろう。記憶が全開カラーで映し出される時、そこに発せられた修正のきかないセリフの数々自体が色あいをもつだろう。まれに主人公を迎える歓声が甦った時、それが黄色でもピンク色でもなく、たとえば遠くに山の見える丘の風の色だったり、不登校になった男子に電話で心配を伝える女子生徒たちの声の色だったり、あるいはいつか夢の中で見た現実以上にリアルな情景全体の色のトーンだったり、それらをキャンバスや原稿用紙に表現する技術や余裕のない人にも、色あいはきわめて詩的な感覚をもって存在を支える。いま死んでしまわなければ、救われるのは未来だけでなく過去かもしれない。陰陽の力学によれば、陰があってこその陽であり、痛みの音階に耳を澄ますならば、痛みそのものが陰の極限で陽の気配を生じることだってあるだろう。世界の闇の奥に灯る光の色あい。だから、生きているということは、それ自体が癒しの方向を向くのだろう。

＊　＊　＊　＊　＊　＊

痛みのグラブ

〈白球を追いかけて〉
というけれど

記憶は
赤になったり
青になったり

光の波は視覚よりは
心という
とらえどころのない領域に
飛び込んできた
場外ホームランでしょうか

Globe（地球）
Glove（グラブ）
一文字違い

緑の出自をもつ人類グラブで捕球して投げ返し
ジンセイとかいうグレーゾーンにとどまって
シャカイというウンコ色のクソッタレにまみれ
ろくなことないと黄昏ていると朱色になって
夕暮れの赤紫から青紫へのグラデーションの彼方
宇宙の黒に
銀や金です

かなしみが
陳腐でないならば
出来事は
後から着色される

それでいいのです

染めぬいて
磨きあげて

キャッチボールとはそういうものですから

手探りのグラウンドに光の乱射
エメラルド、サファイア、ルビー、ダイヤモンド
琥珀、黒曜石、翡翠、真珠、珊瑚、そして
オイオイ泣きながら叫びながら現れる
あのひと　このひと　次々と
オールナイトのカラフルな草野球です
ライトアップされた痛みの球場に
あの世からこの世から

歓声と握りこぶし

〈現代〉は
〈原野〉になるでしょうか

物語を駆除して闇も光も足りないこの時に
懐かしくて新しい物語の色あいは
森のざわめきからの
一球で始まるでしょうか
心は
ひとつひとつ受けとめられるでしょうか

走るひとの背中に
地球儀は重すぎるけれど

その奥にひそやかに色づいているのは

番号ではなく
とりとめもないけれど追いかけてきた
そのひと自身の
夢と呼ぶにはもったいなく
愛と言うにはかなしい
なにかのぬくもり

＊　＊　＊　＊　＊　＊

もうすぐクリスマス。皆さん、いかがお過ごしですか。

土曜の午後、まだ地球は回っていますから、この番組でリラックスしてくださいね。

きょうはじめのお便りは、瑠璃っちょ少女さん。久々のご登場、覚えてますよ。もう四年も経つんですねえ。高校で面白い発想の演劇をやったのに淡い恋に破れてしまったというお便りをくれた、あの瑠璃っちょ少女さんです。この番組で反響を呼んで、リスナーさんから関連する励ましのお便りが続々届いたんですよね。懐かしいなあ。瑠璃子さんはいまどうされているでしょう。お便りです。

〈ポエジーさん、こんにちは。少女と名乗るのは恥ずかしい二十一歳になりましたが、この番組で名乗った瑠璃っちょ少女というのが気に入っているのでいまもそのままで許してください。

わたしはいま京都に住んでいるので、東京の祖父母のうちに帰省する度に、いまでもエフエム・ポエジーをウルウル聴いています。京都の大学で心理学を学んでいる三年生です。高校二年の時、この番組でお便りを読んでもらって、とても感激しました。そちらからリスナーさんの励ましのお便りをたくさん送ってもらって、またウルウルでした。あれからカウンセラーになりたくて、アルバイトをしながら奨学金も利用して勉強しています。京都の暮らしにもすっかり慣れましたが、言葉のアクセントはなかなか変わりません。高校の頃、夢中になった演劇はいまはやっていないけれど、心理療法の分野のひとつにサイコ・ドラマというのがあって、箱庭療法とか遊戯療法とかいろいろな表現手段がある中で演劇を通したセラピーなんですが、そういうのも研究しています。来年は四年生なので、卒業後は大学院で引き続き勉強して、修士をとったら臨床心理士になりたいです。あと、詩も続けていて、同人誌に書いています。

さて、ポエジーさん、また失恋してしまいました。いままでわたしはいつも年上の男の人に恋していたのですが、初めて年下にときめいてしまいました。家庭教師をしていた高校生が京都の私立大学に入学できたのですが、その後も時々相談に乗っているうちに、わたしの方が好きになってしまいました。いっしょに桂川の土手の遊歩道を嵐山まで歩いたり、宝が池でピクニックしたり、それは楽しい二年間でした。でも、彼に新しい好きな子ができて、先日、別れを告げられました。その女の子は彼の大学に留学している韓国の人で、一度会ったことがありますが、とても感じのいい優しそうな子でした。わたしはとってもかなしくて悔しくてみじめですが、あの女の子みたいな優しさがわたしにはないのかもしれませんね。彼を恨むのはやめようと思いますし、その子と幸せになってほしいです。わたしも人並みに恋愛を経験出来て、少し大人になったかな。でも、夜、下宿に帰ってひとりになると、さすがに涙が出てきます。気分転換に思い切ってまたポエジーさんにお手紙を書くことにしました。いつも放送で詩の心をありがとうございます。でも、感覚ではわかるんだけど、あらためてポエジーさんにお聞きします。詩の心って何ですか〉

瑠璃っちょ少女さん、ありがとう。そうか。せつないね。あの瑠璃っちょさんが、こうしていい恋をして、今回はほろ苦い結末だったけど、ひとりの異性ととても大切な時間を経験したこと、そのことに感動しちゃうなあ。あなたは高校の頃からいつも心生き生きと前を向いて道を切り開いてきたんだ。だから、彼との思い出も、きっと未来のある時点から見れば、何か肯定的な深い意味が見えてくると思います。深層心理学をやっているあなたが将来さまざまなものを抱える人びとと内面対話する際に、いまあなたがすてきな恋をして、その恋が終わった後の苦しみにあなた自身がどう向き合っていくのか、その体験が大きな力になることでしょう。大切な話を聞かせてくれて、本当にありがとう。

変な慰めはやめてくれと言われそうだけど、瑠璃っちょ少女さんは素直さをもった人だから、あえて参考までにこれからお伝えするぼくのカミングアウトを聞いてね。あっ、この頃カミングアウトのパターンが増えてるね。あんまりバラすと神秘性がなくなってリスナーが離れていきそうだけど、この番組も永遠には続けられないから、人の打ち明け話を聞くだけじゃなくてこちらも言わないと不公平だって思われちゃあかなしいからね。

で、今週のカミングアウト！　ジャジャーン。ぼくはね、四十過ぎてからやっと結婚できたんだよ。ハハハハハ。ええっ、ポエジーは四十過ぎかよお、って？　フフフフ。そうなんじゃ！　がっかりしたかな、全国の乙女たちよ。えっ？　うぬぼれるなって？

おまえなんか憧れてないって？　そうだよね。まあ、いいや。それでね、ぼくなんか、瑠璃っちょ少女さんの年齢の頃はもうお先真っ暗の悩みばかり、迷ってばかりのひとりぼっちだったんだよ。だから四年前もそうだし、いまもそうだけど、あなたの生き方がすごくまぶしくて尊敬してるよ。エフエム放送のパーソナリティなんてやってると、さぞやしっかりした来歴だろうと思うかもしれないけど、実際にはもう波乱万丈でした。だからこそ、この番組にたくさんの波乱万丈の個性的な方々がゲストで出てくれたんだろうし、瑠璃っちょ少女さんみたいなすてきなリスナーさんが聴いてくれてるんだと思うな。ご縁だね。

さあ、瑠璃っちょさん、メリー・クリスマス！　京都の桂川にシラサギかアオサギを見たら、あなたの詩だと思ってね。

詩の心とは何か。きっと彼らがそっとおしえてくれるでしょう。

一曲お届けしましょう。瑠璃っちょ少女さんのリクエストで、キング・クリムゾン「スターレス」。プログレッシヴ・ロック不朽の名曲ですね。

Ice blue silver sky
Fades into grey
To a grey hope that all yearns to be
Starless and bible black

（空は蒼く銀に凍って
グレーに薄まる
焦がれるほど望まれた灰色へ
星もない聖なる闇だ）

＊　＊　＊　＊　＊　＊　＊

俺は桜が嫌いだった。花自体が嫌いなわけではない。桜シーズンの、あの喧騒が俺を憂鬱にしていたのだ。人びとはこぞって外出し、そこかしこの桜の樹に集まる。お花見という行事が開かれる時期は地方によって違うが、横浜も東京も京都も大阪も、俺が住んだ都市ではもっぱら年度がわりの微妙なタイミングだ。人びとはクラス替えして新しい友達と出会い、卒業して新しい職場に入り、年度末から新年度へ仕事は更新し、そして家族は増えたり減ったりしながら、とにかく〈人〉が〈人びと〉になってお花見する。俺だって世界平和を願っているし、みんな幸せならいいと考えている。だが、毎年春になると行く先々で見せつけられる集団的なオーラに、独り弾かれて居場所がないような、そんな気分になるのだった。桜の宴会だらけで町じゅう、国じゅうがめでたいめでたいと記念撮影する。それを〈群れ〉と断罪する権利は俺にはない。ひっそりとひとりでその場を離れて、そう、海か森へ避難していくしかないだろう。それが、中学、高校、大学、社会人時代を通しての、俺の実感だった。だが、時折、ふと人の気配がなくなった川沿いのひとときに、俺だけの桜の時間が訪れることもあって、そんな時は純粋に桜吹雪そのものに詩を感じて佇むのだった。

あれは京都時代だった。西京区に住んでいたので桂川の土手をよく散歩した。京都市内ではあっても、東側の鴨川と違って西の外れのこの辺りは観光客が来ない住宅街だ。松尾大社や嵐山まで行くと突然、世界中からの観光客でごった返してくるが、上桂周辺はのんびりと静かな感じがある。俺は三十になったばかりで、関東から逃げるように移り住んだ。何も悪いことをしたわけではない、むしろ人びとに役立つことだってずいぶん頑張った。肉体労働から頭脳労働まで都会で転々としながら、どこでも不思議と中心的な役を任された。市民運動にのめりこんでやっぱりそこでも頼りにしてもらって、みんなで大きな成果だってあげたんだ。でも、心はどこかで悲鳴をあげていた。疲れ果てては、頼まれると善意でどんどん引き受けてしまうが、自分自身の本当の夢を抑圧していた。笑顔で頑張ってもどこかで無理が出てくる。人びとのさまざまなドロドロにも巻き込まれて、正直傷ついていた。見知らぬ土地でひっそりと生きたくなったのだ。俺は十七の頃からひそかに詩を書いていた。小学四年の頃は学級新聞に小説を書き、けっこう好評だったので連載になったが、いつの間にか人生の渦の中で、文学的なものを書くという行為が誰にも見せずにもうひとつの俺として追求するものという裏側の位置づけになっていたのである。それを再度逆転したくなって、そのイニシエーションの象徴的行為として、俺は転居したのだった。

桂川周辺には田畑があり、新緑の季節になると蛙の鳴き声がにぎやかだった。そんな遊歩道から土手に降りて、俺がいつも会っていたのは恋人でも友人でもなく、鷺だった。白鷺なら大中小、頭を飾ったゴイサギもいれば、一番親しみを感じるアオサギもいて、いずれにしても鷺はたいていたい一羽で川に佇んでいるのだった。小魚をくわえたり歩いたりもしたが、俺がじっと見つめたのは、鷺がじっと遠くを見つめるように佇む姿だった。鷺もひとりっきり、俺もひとりっきり。だが、みじめでセンチメンタルな俺と違って、鷺は悠然としている。その神秘的で動物的で異界的な広大な生命宇宙を俺は感じとって、自らの師としていたのだった。暗くなっても怖くない。鷺はそう言って俺を励ましてくれるようだ。その飛翔の華麗で雄大な旋回。あんなふうに生きられたらどんなにかいいだろう。

不思議だったのは、俺がさびしさに耐えかねてひとり土手に行く時に限って鷺もいるという、その縁だった。縁があるとかないとか言うと現代人はバカにするけれど、俺はこどもの頃から実感として知っている。ご縁というものは本当にあって、縁の薄い関係にいくらこだわっても望みも薄く、縁が濃いと直感した時には何か深いドラマが待っている。そうした体験には事欠かないので、いつかそのことを同じようにさびしい思いをしている人びとに伝えたい、そう漠然と思っていた。鷺との縁はまさに深かった。

京都へ引っ越す時にかなりの物を捨てたが、衣服と書籍のほかに選んだのはＣＤラジカセだった。それはもう何代目かの愛用品で、中学一年の頃のあの父のラジカセではなかったし、時代はすでにＣＤに移り変わっていたが、音楽を聴くコンパクトな電化品を欠かさず持っていくというところにも、俺にとっての音の癒しの縁の深さがあったのだろう。まさか後に俺自身が東京でエフエム放送のパーソナリティをやるとは思いもしなかったが……。

〈お父さんさ、海が好きだからさ、波の音、カセットにとって、夜聴くんだよ。ザザーッ、ザザーッ〉

十三歳の夏、再会した父は言った。俺も横浜の港や湘南の海の波音をどれだけひとりで聴いたことだろう。京都では川の波音を、佇む鷺と共に聴いた。目を閉じた俺の内側に、言いしれないほど夕焼けた、生きることの波音が押し寄せてくる。

また桜の季節がやってきた。俺といっしょにさびしい花見をしてくれた京都桂川の鷺たち。個体はすでに変わっているだろうが、俺はすべての鷺に感謝を忘れたことはない。

所移って時も経て、東京多摩の川沿いに桜吹雪。俺は妻と佇んでいる。

「また今年もにゃんぽんといっしょに桜見られたね」

「こりすちゃん、よく頑張って生きてきたね。桜が満開でこりすちゃんを祝福しているよ」

俺は知っている。この桜の情景にさびしい思いをしている人びとが無数にいることを。この花びら一枚一枚は、ほんの少し前までの俺みたいな彼らの孤独に染まっているのかもしれない。だから宙に漂いながら、まるで生まれてきたことを自ら祝うように、花吹雪が視界の全面を占めるのだ。皮膚の弱い妻の日傘に、数えきれない孤独が花びらとなって降り注ぐ。妻のこれまでの孤独、俺のこれまでの孤独、そして世界のひとりきりの人びとの孤独、そうしたすべてがこの夕暮れに咲いている。

＊　＊　＊　＊　＊　＊　＊

夕暮れ

感傷を超えるのが一人前だと言われても
きみは感傷を捨ててはいけない
むかしの人びとが圧倒的な否定の論理に包囲されて

心の逃げ場なく死んでいったことを活かすのなら
近ごろの人びとが圧倒的な広告の語彙に浸食されて
心の独創性を殺されるのを防いでいくのなら
きみは立ちどまる勇気をもたねばならない
一日の終わりは決して夕刻ではないのに
なぜ人は夕焼けに終末と再生を見るのか
それを徹底的に見つめてきみは
ごみ溜めに投げ込まれた涙の数々を
探していかなければいけない
共感がすべての出発点だとすれば
空を塗りこめる血流は
過ぎていった時をよみがえらせる
外科手術だ
人類までもが自らのなかに流れ出し
血の感傷は非個人的でありながら個人的で
世界は巨大な孤児院だ

桜

散るというよりは、舞うというよりは
還っていく花びら
土の教訓は政治経済だけじゃない
きみの人生もまた還る喜びを
底の方から感じとらなければならない
出陣の儀式じゃない
国家なんかじゃない
ましてや宴会の道具なんかじゃない
桜吹雪の比喩は根元から変わるのだ
いまこの夕暮れに
空から降り落ちる花びらが
きみ自身の心の奥の
愛おしい人の滴であるならば
そしてどこか知らない外国の花の友人であるならば
それを感傷と切り捨てるあらゆる強制を捨て去って

きみは何でもない地球の暮らしの窓の人恋しさを
生ききらなくてはならない
闇夜を嘆いている場合じゃない
闇の内省を
花びらとして咲かせなくてはいけない
このスカーレットの夕暮れが出発点だ
色づく果てしないものに
回転する星の引力を確かめて
向こう側へ
ずっと深い向こう側へ
空いっぱいの桜を泣け

＊　＊　＊　＊　＊　＊

桜満開、皆さん、いかがお過ごしですか。
土曜の午後、まだ地球は回っていますから、この番組でリラックスしてくださいね。

きょうはじめのお便りは、札幌桜雪まつりさん。

〈ポエジーさん、こんにちは。北海道出身の東京暮らしです。しばれる雪景色が恋しいと思っていたら、近所の川沿いが桜の花の雪まつりでした。ほんと雪みたいにぽってり白い花が大きな樹にいっぱい。北海道の桜もかわいいけれど、東京の桜はぽかぽか陽気で夢見心地です。

東京には何でもあるようで憧れていたけれど、住んでみると、お金がないと買えないものばかりで時々落ち込みますね。お金に目がくらんで、よくない仕事なんかにふらふらっと行ってしまう子もいます。

わたしは事務仕事をしながら絵を学んでいる二十五歳の女性です。ポエジーさんはルネ・マグリットの絵はご存知ですか。戦前戦後活躍したベルギーの男性画家で、よくシュールレアリスムのなかに分類されますが、わたしは彼の絵はもっと深い心の層に響く詩的な世界だと思っています。ポエジーって感じです。すごく好きなんです。少し旅費がたまったので、この夏はブリュッセルの美術館で本物のマグリットの絵をたくさん見てくるつもりです。それがいまのわたしの楽しみ。

実は最近、つきあっていた彼氏と別れました。ポエジーさん、わたしのリクエストをかけてください。絵を習っている画家の先生の奥様が昔のレコードのマニアで、先日おうちにうかがった時に初めて見たレコードプレイヤーというものでかけてくれました。女性を想う男性が、ほかの男性との関係に揺れる彼女に寄せるせつない歌詞だそうで、とてもいい曲でした。恋を失くしたばかりのわたしを慰めてくれるようなほろ苦い歌です。エレクトリック・ピアノとシンセサイザーのメロウな感じにサックスが入って、男性ボーカルが癒してくれます。絵の先生にも奥様にもわたしの恋愛の話はいっさい話していないのに、何かわたしの様子でピンと来たのでしょうか。この曲を選んで聴かせてくれました。奥様が中学生の頃の曲だそうで、小学生の頃に流行ったイーグルスというバンドのリーダーが解散後にソロで出した曲だそうです〉

札幌桜雪まつりさん、ありがとう。せつないねえ。失恋か。この番組は失恋話が多いね。いや、あなたの方が彼をフッたのかも。うーん、女と男はいろいろかなしいもんじゃのう。でも、惚れたはれたの話って本当は一番大事なんだよね。ぼくは恋愛って、うまくいってもうまくいかなくっても、限りある人生のなかでとっても大切で、無駄な経験はないと思うな。札幌桜雪まつりさんもきっとマグリット紀行に心癒されて、いずれまた新しい恋が花開いていくでしょう。

マグリットの絵だって？　びっくりですね。ぼくの一番好きな画家ですよ。そもそもこのエフエム・ポエジーって番組名を思いついたイメージもマグリットの絵からのインスピレーションだったんだ。青空とちぎれ雲を翼に映した大きな鳥が波うつ海の上で羽ばたいている絵とか、夕刻の闇に住居の明かりがぽっとにじむ絵とか、リスナーの皆さんにもおすすめの絵がたくさんあります。札幌桜雪まつりさんが言ってくれたように、詩の心に満ちた深層の絵の世界です。

では、すてきな札幌桜雪まつりさんのリクエストで、グレン・フライ「恋人」。いい曲だね。

I heard you on the phone, you took his number
Said you weren't alone, but you'd call him soon
Isn't he the guy, the guy who left you cryin'?
Isn't he the one who made you blue?

When you remember those nights in his arms
You know you gotta make up your mind

Are you gonna stay with the one who loves you
Or are you goin’ back to the one you love?
Someone’s gonna cry when they know they’ve lost you
Someone’s gonna thank the stars above

（きみが電話しているのが聴こえたよ
あの彼だね
ひとりじゃないからまたかけるってきみは言った
きみをひとり泣かせた彼だね
きみをブルーにした彼だね

彼の腕のなかにいた夜を思い出しては
きみはもう決めなきゃって思うんだ

きみを愛する者といっしょにとどまるか

きみが愛する者へと戻っていくのか
きみを失って泣く者がいれば
星を仰いで感謝する者もいる）

＊　＊　＊　＊　＊　＊

こりすが炊き込みご飯を用意している。スーパーより安くて安全な生協で買った新潟コシヒカリ。節約の天才も栄養とおいしいものにはこだわりをみせる。米を入れて水を張った炊飯器に舞茸、ごぼう、にんじん、油揚げ、生姜、ごまを入れる。炊きあがって開けてみると、むせるように濃厚な舞茸の香りが食欲をそそる。

にゃんぽんは味噌汁と「愛の宮殿サラダ」をつくる。大根と豆腐とわかめの味噌汁に小ねぎをパラパラっと入れる。玉ねぎの酢漬けにレタスを混ぜて、土星のような半切りのゆで卵を配置して、チーズを手でちぎって宇宙にばらまく。オリーブオイルをかけたら出来上がりだ。

台所の大御所こりすが再度登場して、自ら三日間塩こうじに漬けた豚肉を生姜焼きにする。これも自家製の冷蔵庫に保存したポテトサラダを出し、その他ヘルシーな自家製総菜の小皿を出す。日々ほとんどの料理が自家製で、たとえばカレーだって市販のお手軽ルーなんか使わない。油ギトギトは避けて、こりすはカレー粉をもとに自家製でつくる。ほかの国なら人体に有害で禁止されている量のトランス脂肪酸が入った某大手会社のパンも買わない。内容表示を鋭く分析。安全なパンを選ぶ。政治家と癒着した日本の大手食品産業のえじきにはなりたくない。こりすは小学生の頃から料理をしているベテランだ。

さて、にゃんぽんが猫と茄子のかたちをしたそれぞれの箸置きと、箸、スプーンをテーブルに置く。

いただきます。こりすは微笑みながら軽くお祈りをする。無宗教なのに不思議だなとにゃんぽんは思う。きっと、深層心理学で言う各人の人生の個性化における内なる神に祈っているのだろう。世界平和を願うにゃんぽんはここで、世界中のすべての宗教の祈りを捧げたいが、時間がかかるので省略する。

食卓にはCDラジカセがあり、ふたりはドビュッシーの交響曲「海」をカラヤン指揮ベルリン・フィルハーモニーの演奏で聴いている。究極の癒しの音楽は、巷のヒーリング系ではなく、本物の芸術作品でしか感じられないだろう。

こりすが昨日のエフエム・ポエジーの感想を伝える。

「マグリットの絵のこと話してたね。にゃんぽんといっしょに画集で見た絵だね。とてもよかったよ。でも、ラジオを聴いている人に絵のタイトルとかもおしえてあげればよかったのに」

「そうかもしれないね。短い時間で話さなくちゃいけないし、あくまでリクエストのお便りをくれた人の話の流れだからね。あれでも精いっぱいだったよ」

「いい曲だねって言ってたから、にゃんぽんは前からあの曲を知ってたんだ。わたしもいい曲だと思ったよ」

「うん。不思議とリスナーからのリクエスト曲の趣味がぼくと合うんだよね。これってコンステレーションかな」

「そうそう。意味ある連関が織りなす星座だね」

「森公園の野良猫ちゃんは元気かな」

「今日は午後曇るらしいから、会いに行こうよ」

「そうしよう」

「ほんとあんなにかわいい猫を勝手に捨てるなんて許せない」

「ペット族って自分が動物好きだと勘違いしてるけど、いまの嘘つき政治家連中と同じで、最悪の偽善者だね。自分が面倒をみてやってるんだとお金で買って威張って従えて、都合が悪くなるとポイっと捨てる。野良猫が捨て猫なんだって、こりすちゃんにおしえてもらって知ったんだよ。道理で前から親しみを感じていたわけだって納得したね」

「にゃんぽんのつらかった生い立ちだね。これからはこりすがいっしょだよ」

「ありがとう。こりすちゃんもいろいろつらかったね。よく頑張って生きて来たね」

「この冬は寒かったから、フジ子が弱っていないか心配だな」

「そうだね。あの猫ちゃんは森公園の池の方をじいっと見つめて哲学者みたいな威厳があるけど、すっごくさびしそうだね。でも、そのフジ子って呼ぶのやめようよ。なんかルパン三世に出てくる峰不二子みたいじゃん」

「違うよ。富士山が見えるから富士子だよ」

「昔の名前みたいじゃん」

「にゃんぽんはよっぽど峰不二子が嫌いなんだね」

「嫌いだね。ルパンは何であんな女がいいのかわからない。アニマの投影もあそこまで溺れるとみじめだね。ぼくは五ェ門がいいなあ。〈拙者斬鉄剣〉〈またつまらぬものを斬ってしまった〉」

「じゃんじゃん。ワンパターンなギャグをリユースするにゃんぽんであった」

クロード・ドビュッシーの音楽は現代音楽に連なる画期的な手法を用いた。その流れるようなイメージ豊かな旋律と破調具合はいかにもフランスらしい自由な感じで、象徴詩の世界とも結び合っている。そのいかにもフランスらしいものを、いかにもドイツらしい厳粛な面持ちのオーストリア系のカラヤンが指揮するベルリン・フィルハーモニーが大切に演奏する。ここに、何度も戦争をした双方の政治を超えて、真の芸術が結び合う相互理解の感動がある。独仏の市民はきっとそこに新鮮なものを感じとったことだろう。日本もまた韓国や中国に対して、芸術的な次元でそのような敬意を示す日が来るだろうか。

東洋の島国でエフエム・ポエジーを流す現代詩人もまた、その感動を共にするのだが、交響曲「海」にイメージされる波の感じは、彼自身の生涯のテーマでもあった。彼の父が昔、波の音をカセットにとって夜ラジカセで聴いていたように、彼自身もまた、自身の生きる師である鷺と共に川の波音を聴き、いま妻と新たな暮らしの波音を聴いている。妻が図書館から借りてきてくれた「海」を聴いていると、ドビュッシーやカラヤンが親しく感じられる。

妻は図書館を熱心に利用する読書家だ。小説や詩も好きだが、エッセイの読書量は半端ではない。世の中のさまざまな方面の人びとが歩んできた道の実感でざっくばらんに語るエッセイという分野。だから、彼女はいろんなことを知っている。

東京の外れの図書館は蔵書が不十分だが、都内のほかの図書館からの取り寄せが可能だ。妻が借りてくる本には、時折、はるばるここまでたどり着いたという気配が特殊カバーなどに表れている。きっとこの本をさまざまな来歴の読者が手にしたことだろう。図書館の本は時に汚れているが、そうではない程度の場合、書店で手にする真新しい本とは違った趣も感じられる。

妻は漫画も読んできた。漫画やアニメがすぐれて現代的な芸術であることは知っていたが、夫は少年時代を除いてその方面に縁がなかったので、いろいろおしえてもらっている。

逆に夫は文学のほかに、世界史や思想、宗教などの知識があるので、妻がよく聞いてくる。

妻は眼鏡をかけているが、外すとずいぶん印象が変わり、大きな眼と言っていいだろう。その中を覗き込むと、広大な海が見える。波うっているのは彼女の人生だ。彼女は重い目の病気を患っている。なんとかその海を守ってあげたいと夫は思う。

夫婦は共にアレルギー体質なのでわかりあえる。それと肩こり頭痛がひどかったという共通点があり、いまは必ず毎日、互いに肩もみをすることで改善した。夫はストレスがたまると過敏性腸症候群になったりするが、最近はなくなってきた。

このようにあまり体が丈夫でないふたりは、夫が詩の世界や放送でけっこうシビアな批評性を出していることもあり、もし昔のユダヤ人だったら、厄介者としてナチスによって真っ先にガス室行き餓死であっただろう。

エフエム・ポエジーの暮らしの正体を明かしたが、放送では言っていないのでリスナーは知らない。謎のままの方がいいだろう。リスナーはそれぞれの人生模様に照らして、それぞれの心の何がしかの希望をラジオ・パーソナリティに投影する。その期待を裏切らない方がいいだろう。

＊　＊　＊　＊　＊　＊　＊

欧州夢語りこと、あかりは高校生になった。帰国子女の苦悩を体験した彼女に父・浩司は、どこか遠くの国際的な環境の私立高校を探そうと言ったが、あかりは逃げたくなかった。心機一転するにしても、日本の地域の子たちの多くが通う高校で、自らの努力で道を開きたい、そう考えたのである。それに経済的理由で公立に行く同級生たちに、あそこは外国帰りの貴族だからねなどと陰口をたたかれるのが悔しくてならなかった。父は心配したが、ドイツ暮らしで成長した娘のしっかりした主張が頼もしくて同意した。彼は日本の大学でドイツ文学を教えており、その仕事が認められて三年間のドイツ留学を果たしたのである。妻を早くに亡くしていたので、一人娘の社会勉強も兼ねてドイツに連れて行ったのであった。彼の両親、つまり娘の祖父母は健在で、あかりを預かってもいいと熱心に言ってくれたが、あかり自身が外国暮らしをしてみたいという冒険心のある子だったのだ。だから、父子は決して裕福などではなく、むしろ生活は楽ではなく、彼女の祖父母の援助に少し頼ったりもしていたのだが、無知で無責任な世間では、外国帰りの貴族と揶揄されるのだった。あかりは負けなかった。

偏差値のあまり高くない高校にしか入れなかったが、そこに友人との新たな出会いがあった。皮肉なことに、偏差値が高くないということは人間が素直で大らかであることと結びついていた。陰口をたたいた中学の同級生たちは彼女よりも偏差値の高い高校へ行った。離れて見れば、彼女たちの方が親や学校とのストレスを抱え、屈折したもののはけ口を求めていたのかもしれなかった。

あかりは元々勉強が好きだった。帰国子女にとっての日本の学習制度上の苦難があっただけである。だから、のんびりとした高校で、あかりはすぐに上位の成績をとるようになり、自信も回復していった。

放課後になると男女が手をつないでどこかへ消えてしまうという光景も見られたが、そういうことにませた同級生達も、人間はいたって友好的で、世界的な大都市ベルリンで発育の早いヨーロッパの子の様子を見てきたあかりには、むしろ自然な感じに映った。

彼女は放送部に入り、いつしか学内の全学年に親しまれるおなじみの声の主となった。エフエム放送が好きな彼女は、放送関係の仕事につきたいと思っている。時々、愛聴するエフエム・ポエジーの口調をまねてみたくなるが、マイクの前に座るとそこまで大胆にはなれなかった。しかし、彼女特有のはきはきとした伸びのある声と口調自体が、高校の名物になったのである。友達は「あかり放送」などと呼んでいた。

高校三年になる春休み、文通を続けていたベルリンの女の子が両親と日本旅行に来ることになった。ドイツ時代に特に仲良くしていたハンナだ。ペーターという三つ違いの弟がいる。ハンナはブロンドのショートカットで、グレーの瞳が神秘的だ。よく笑う快活な子であかりとはウマが合った。確かプロテスタントのクリスチャン家庭だが、ハンナ自身は日本にも関心をもっていた。あかりの影響ではなく日本のアニメを通じてで、あかりよりもはるかによく知っていた。

イースター休みと言って、ちょうど日本の春休みから始業式くらいにかけて、クリスチャン系の西洋社会に休暇が訪れる。それを利用して、ハンナ一家四人が日本に来るのだ。それはあかりとその父親に会いにくることを最大の目的にしていた。ベルリン時代は家族ぐるみのつきあいだったのだ。

ブンダーバー！　素晴らしい、とドイツ語が口に出てきそうだった。

せっかくだからとあかりの父・浩司が提案したのは、東京、鎌倉を観た後に、あかり父子もいっしょに新幹線で京都へ行こうというものだった。ハンナの父母にとって、日本文化のイメージはやはり京都だったから大喜びして賛成した。

鎌倉ではさすがドイツ人という感じでハンナの父ハンスが禅寺の円覚寺や建長寺で、

熱心に細部を探索した。いつかここで座禅を体験してみたいとまで言うのだ。彼の友人がすでに座禅を体験しており、その宗教哲学はクリスチャンの彼らには新鮮で発見に満ちているとのことだ。分厚いドイツ語の日本ガイドブックを手にしていたが、商業主義的な日本の外国旅行ガイドブックが恥ずかしくなるくらい、あちらのガイドは歴史文化を誠実に詳しく紹介していた。

新幹線の中でハンナとあかりは大はしゃぎだった。久しぶりのドイツ語が心配だったが、仲良しと会ったら自然と思い出していた。ハンナは幼いころに両親に連れられて行ったイタリア以来の外国旅行で興奮していた。これが東洋か、これが日本か。東京と京都のこの違いはすごすぎる。ハンブルクとミュンヘンだってここまでは違わないだろう。弟のペーターは思春期特有のはにかみを見せたが、どうやらあかりに淡い何かをもっているらしい。あかりはそれがくすぐったかったが、ひそかにうれしくもあった。ハンナと同じショートヘアだが、日本ではありきたりの黒髪や口元の微笑みも、ドイツ少年にとっては神秘的だ。彼の母親はあかりの父を気遣って、とても誠実にいろいろと会話を交わしている。

一同がうわあっとハモったのは、京都嵐山の桜風景である。写真を撮るのも忘れて、ハンナ一家は風景に見とれるのであった。

「ヤー、エス・イスト・アイネ・ベゾンデレ・ラントシャフト・フューア・ディー・ヤパーナー（はい、日本人にとって特別の風景です）」

「サクラ、キレイデスネ」

そう返しながら、ドイツ語はこれでよかったんだっけと心配するあかりだが、ハンナと食べる湯豆腐はおいしかった。

渡月橋を渡って、京都大学の霊長類研究を兼ねたモンキーパークに登る。新緑のハイキングだ。頂上に着くと、たくさんのニホンザルがいて、京都の町並みを見渡せた。

〈京都大学と言えば、サル学のほか、ユング心理学でも国際的な定評がある。いずれも人類の根源的なものを内側から研究するものだ。戦争の時、旧帝国大学系がすぐに大政翼賛のエリート支配層養成所となったのに、京都大学は学問の独立を守ろうと権力に抵抗したという。

いま、新時代の日独青年が三人、親と共にここにいる。かつての忌まわしい軍事同盟とは一八〇度違う感がある。あかりもハンナもペーターも、そして彼らの親たちも、全世界のヒトが猿人からの旅人であり、人種や民族の違いは楽しいことであり、武器や政治よりも文化や人間関係の交流を大切にする思考をもっている。この愛すべき青年三人は、果たして老いて死ぬまでに第三次大戦を経験せずに済むだろうか……〉

ハンスはそう考えた。彼はベルリンのとある出版社に勤務している。青年の頃、ベルリンの壁が崩壊した。東西のイデオロギー冷戦を脱した大ベルリンが復活したが、ブランデンブルク門を自転車で通り、初めて交流する東側の同世代の青年たちは意外にも自分たちより素朴な感じだった。やがて西側の厳しい競争原理と拝金主義にもまれ、ドイツ社会のなかで差別されていった彼ら。だが、そこから揺り戻しが起きて価値観の議論がすすみ、西も東もない、新しいベルリン子たちが生まれてきた。ハンスの妻エレーナは東ベルリン出身だった。だから、彼らの恋と結婚と家庭づくり自体が、ベルリンの壁崩壊の真の象徴だったのだ。

エレーナは息子があかりに恋していることを感じていた。この短い日本滞在が、ペーターの人生にどのようなインパクトを残すのか、そっと見守ろうと思った。娘のハンナがきっと今度はあかりをベルリンに呼ぼうと言うだろう。そうしたら、ぜひうちに泊まってもらおう。

一同がサル山のてっぺんの野外ベンチに腰かけて桜満開の京のまちを見渡していると、野太い男性の呼び声が耳に入った。

「瑠璃っちょ、はよこっちやで」

「はあ、いま行きます。そんなせかさんでもええやんか」

「ああ、来た来た。お疲れさん」

「先生、なんやの。こんなとこまで連れてきて。うちの大学の研究やからって、かよわい乙女をおサルさん見学に呼ばんでもええやんか。人間の心理だけでもう手一杯やのになあ」

「ハハハハ、さすがは我らの瑠璃っちょはんや。実はなあ、フフフフ」

「また始まった。先生のフフフフはほんま不気味や。なんですか」

「瑠璃ちゃんに紹介したい子がおるんや」

「え」

教授は飼育と展示物見学を兼ねた山小屋に女学生を連れて行った。中にひとりの男子学生が待っていた。

瑠璃っちょ……。あかりの頭が素早く回転した。あっ、エフエム・ポエジーだ。伝説の瑠璃っちょ少女さんだ。

　エフエム・ポエジー・マニアの放送部キャプテンあかりは、番組を録音しては研究していた。この番組に登場するリスナーたちのお便りは、まだ十七年しか生きていない彼女の人生を何倍にも何十倍にも豊かにしてくれた。独特ののんびりした話し方をするパーソナリティにも親しみをもったが、彼が読み上げる全国各地からのお便りとそのリクエスト曲には癒し系と言える何かがあった。中でも強く印象に残ったのが、瑠璃っちょ少女という人だった。高校生の頃からこの番組の伝説になって、いまは京都で心理学を勉強していて失恋したのだそうだ。直感的にこの先輩に会ってみたいと思った。あかりをうならせたのは、二十一歳の同時代を生きる女性がリクエストしためちゃくちゃツウな曲だった。キング・クリムゾンの「スターレス」。かなしく美しいメロディと、超絶的な各楽器の個人プレイが交響する転調ロックパフォーマンスだ。厭世的だが文学性の濃厚な詩も青年期特有のドロドロとした混沌の内海を生きる身として胸に染みたし、アメリカン・ロックとは違うイギリス特有の陰影が日本的な翳りの抒情とも重なる。いまどき自分が生まれるずっと前のこんなマニアックな外国の曲を聴くこの女性はいったいどんな人なんだろう。いつか自分がエフエム放送の番組を持ったら、ぜひこの人に聴いてもらいたい……。

「どや。まじめで明るくて、ええ感じやろ」

「もう、先生こういうのやめてください。迷惑です。パワハラ、セクハラで訴えますよ。わたしは先生を心理学の恩師として尊敬しているのであって、お見合いジジイとしてではありません。もう帰ります」

「せやかてそんな怒らんでもええやん。瑠璃ちゃんの役に立ちたいだけやねんからなあ。ちょっとつきあってみたらどうや。かしこまらんでええ。彼にはちょっとうちのかわいい生徒さんを散歩に連れてきたしか言うてへんで。大丈夫や」

「何が大丈夫やのん。いまは昔と違うんですよ。ユングのお弟子さんのフォン・フランツ女史かて自立した立派な生き方やったやないですか。先生のその旧式の頭をカウンセリングしたいわ、ほんまに」

「わかった、わかった。そんなプリプリ怒らんといてや。ま、もし瑠璃ちゃんの気が向いたらでええ、ぶらりと今度ひとりでここ来たらええねん。友だちとでもええなあ。それだけや。ぼくは干渉せえへんよ。瑠璃ちゃんが気が向いたらな。これでこの件はおしまい」

瑠璃子はふてくされながらも教授とベンチに座った。白髪の交じった品のある紳士である。関西人特有の物腰の柔らかな感じだ。並んだ背中は親子のように見える。

「あのう」

「は」

「瑠璃っちょ少女さんですか」

「はあ、あ、はい」

「すみません。わたし東京から観光で来ている高校生なんですけど、エフエム・ポエジーで瑠璃っちょさんに共感していたんですけど、偶然いま家族とここにいたら、こちらの先生の瑠璃っちょって呼ばれる声を聞きまして……。すみません」

「えっ、そうなんですか。びっくりやなあ。はい、わたしあの投稿者ですよ」

「あっ、やっぱり。お会いできてすごくうれしいです。ありがとうございます……。あっ、別に追いかけたりしませんから、どうぞ。ありがとうございました」

「お名前は」

「あかりと言います」

「あかりさん、ありがとうございます……。旅行中ね。もしお時間あったら、せっかくだからちょっと案内がてらお話でも」

「えっ、そんな、いいんですか。ご迷惑じゃないんですか」

「大丈夫。うれしいなあ。ねえ、先生、わたし東京のエフエム放送で有名人かも」

「へえ、瑠璃ちゃんやるなあ。ほな、ぼくはこれで失礼するよ。おおきに。またね」


あかりは一行に瑠璃子を紹介した。

瑠璃子、ハンナ、あかり。

「新時代の細雪《ささめゆき》だな」浩司は思った。

どんな展開が待っているのだろうか……。

＊　＊　＊　＊　＊　＊

あっという間にまた新年です。ロウバイの香りがたまらない今日この頃、リスナーの皆さん、いかがお過ごしですか。

土曜の午後、まだ地球は回っていますから、この番組でリラックスしてくださいね。

ついにこの番組も十周年を迎えました。ありがとうございます。今日は十周年記念ということで、時間を一時間延長して放送します。

きょうはじめのお便りは、こりすちゃんさん。


〈ポエジーさん、こんにちは。

わたしは多摩方面に住む主婦です。先日、夫とロウバイを見に森の公園へ行きました。レモン色の蠟のような花から何とも言えない、いい香りがしてきます。わたしたちはこの花が大好きです。森の公園にいる野良猫も匂いを嗅ぐようなしぐさをしていました。この猫はわたしたちを覚えていて、夫が喉をなでると気持ちよさそうに目を細めます。このごろは捨て猫を心配して毛布と食料を提供する人たちも現れました。わたしたちは二人とも出会うまで野良猫のような人生だったので、いまこの時の大切さに感謝しています。

わたしの人生の色あいも劇的に変わりました。以前はいろいろあって自殺願望が強くて無色でした。いまは森の公園の花々のように、生きていることの不思議なめぐりにさまざまな色がついています。匂いもついています。音楽も聴こえます。手触りもあります。味もあります。そしてそれらをいっしょに体験してくれる夫がいます。体の不安や今後の生活のことなどいまも悩みはありますが、毎日の瞬間瞬間を精いっぱい生きているという実感があります。

絶望していた高校生の頃、テレビで昔の女性ブルース歌手ジャニス・ジョプリンの特集を見ました。彼女は周囲から孤立しがちななかで本当はとてもナイーブで愛らしい心をもった女性でした。男に騙されショービジネスに翻弄され、疎外感からアルコールや麻薬に溺れてしまって、二十七歳で亡くなりました。でも、そんな彼女の歌声は全身全霊こめて絞り出す魂の叫びのようで、当時苦しんでいたわたし自身の絶望を表現してくれているようでした。聴いていると、追い詰められていたものをやり過ごすことができました。

いまロウバイの香りのようにひろがる新しい人生を共に歩んでくれる夫に、そのジャニス・ジョプリンの歌をおくります〉

こりすちゃん、ありがとう。もう何も言うことはない。夫さん、聴いていますか。聴いてるよって聞こえたな、いま。

では、こりすちゃんのリクエストで、ジャニス・ジョプリン「ゲット・イット・ホワイル・ユー・キャン」。

In this world, if you read the papers, Lord

You know everybody's fighting on with each other
You got no one you can count on, baby
Not even your own brother

So if someone comes along
He's going to give you some love and affection
I'd say get it while you can, yeah
Honey, get it while you can
Hey, hey, get it while you can
Don't you turn your back on love, no, no

Don't you know when you're loving anybody, baby
You're taking a gamble on a little sorrow
But then who cares, baby
Because we may not be here tomorrow, no

（新聞を見れば神よ
この世は皆が戦いばかりしていて
誰も信じられない、兄弟さえも

だから誰かが現れて愛と親しみを寄せたなら
できうる限りの力でつかむんだ
つかめ可能性を
愛に背を向けないことだ

誰かを好きになるってことは
かなしい賭けかもしれないけれど
かまわない
明日はもうここにないかもしれないこの命なんだから）

＊ ＊ ＊ ＊ ＊ ＊ ＊

橋の上から水路を見ると、アオサギが佇んでこちらを見ている。こちらも立ちどまって向かい合う。無意識の大空に血がかよう。羽ばたいてはまた佇む。空はどこまでもつながっていて、心臓が波うっている。緑の輪が風に揺れて、暗闇にかなしみが、そしてポエジーが灯っている。

＊筆者注

一、作中の詩「波音　Ⅷ」「痛みのグラブ」「夕暮れ」はいずれも佐相憲一の作品全文。出典は「波音　Ⅷ」が詩集『時代の波止場』（二〇一二年）、「痛みのグラブ」「夕暮れ」が詩集『もり』（二〇一八年）。

二、作中の引用歌詞はいずれも部分抜粋。英語詞の日本語訳は筆者による。引用した曲は次のとおり。

U2「Stay（Faraway, So Close!）」
（一九九三年アルバム『Zooropa』収録
一九九三年映画『Faraway, So Close! / In weiter Ferne, so nah!』
主題歌）
詞 Bono　曲 U2

Roxy Music「True To Life」
（一九八二年アルバム『Avalon』収録）
詞曲 Bryan Ferry

King Crimson「Starless」
（一九七四年アルバム『Red』収録）
詞 John Wetton, Richard Palmer-James
曲 Bill Bruford, David Cross, Robert Fripp, John Wetton

Glenn Frey「The One You Love」
（一九八二年アルバム『No Fun Aloud』収録）
詞曲 Glenn Frey, Jack Tempchin

Janis Joplin「Get It While You Can」
（一九七一年アルバム『Pearl』収録）
詞曲 Jerry Ragovoy, Mort Shuman

＊本書収録の連作「痛みの音階」「癒しの色あい」は、文芸誌「コールサック」93号（二〇一八年三月刊）、94号（二〇一八年六月刊）掲載後、加筆したものである。

佐相憲一（さそう　けんいち）　略歴

1968年横浜生まれ。詩人、ライター、編集者。

早稲田大学政経学部卒。

2003年、詩集『愛、ゴマフアザラ詩』（土曜美術社出版販売）にて第36回小熊秀雄賞を当時史上最年少で受賞。

著書：詩集『もり』（澪標）、エッセイ集『バラードの時間
　　　—この世界には詩がある』（コールサック社）ほか。

いくつかの詩団体運営歴任、文芸関係編集、詩朗読や講師。

本作にて小説デビュー。

コールサック小説文庫

『痛みの音階、癒しの色あい』

2018年7月18日初版発行
著　者　佐相　憲一
発行者　鈴木比佐雄

発行所　株式会社 コールサック社
〒173-0004　東京都板橋区板橋 2-63-4-209
電話 03-5944-3258　FAX 03-5944-3238
suzuki@coal-sack.com　http://www.coal-sack.com
郵便振替　00180-4-741802
印刷管理　（株）コールサック社　制作部

＊装丁　奥川はるみ

落丁本・乱丁本はお取り替えいたします。

ISBN978-4-86435-348-9　C0093　￥900E